白魔女リンと3悪魔

ダークサイド・マジック

成田良美／著
八神千歳／イラスト

★小学館ジュニア文庫★

Contents

Characters

天ヶ瀬リン

13歳の誕生日に白魔女だと気づいた中学生。それと同時に3悪魔と婚約することに! 時の狭間に生まれたため、星座はない。

瓜生御影

リンの事が大好きな悪魔。情熱的すぎてリンもドキドキ。猫の時は、ルビー色の眼の黒猫。悪魔の時は、炎を操る。

前田虎鉄

気まぐれなようにみえて、自分をしっかり持っている悪魔。猫の時は、タイガーアイの虎猫。悪魔の時は、風、竜巻を操る。

北条零士

冷静沈着だけど、リンのことになると熱くなることも…!? 猫の時は、ブルーアイの白猫。悪魔の時は、氷、凍結、ブリザードを操る。

神無月綺羅

リンの通う鳴星学園の生徒会長。成績トップで、日本有数のお嬢様で、さらにモデルもしている。だけどその正体は、リンを狙う黒魔女で…。

第1話 悪魔の湖

1

一学期の終業式は、真夏日だった。

(ふう……暑い)

校内の道をゆっくり歩いているだけなのに、じわ～っと汗が出てくる。

蝉が元気に大合唱、花壇で咲いているひまわりがぐーんと背伸びして、きらめく陽射しをいっぱい浴びてすごく気持ちよさそうだ。

(夏だなぁ)

ぼ～っとそんなことを考えていたとき、制服の胸元にしまってあるペンダント、スタージュエルがチカチカと光りだした。

スタージュエルが光る――これは、グールが現れる前兆だ。

（えっ、うそ、いま⁉）

これから終業式で全校生徒が校庭へ向かって移動中、まわりには生徒がたくさんいる。

花壇のひまわりの影がぐにゅ～っとのびて、蛇のようなグールになった。

わたしの身長よりも大きな蛇が、鋭い牙をくわっとむきだしにして突進してきた。

ふつうの人にグールは見えない。

叫ぶわけにもいかず、どうしたらいいかわからず固まっていると、体がふわりともちあがり、グールの牙が空振りした。

御影君がわたしをお姫様抱っこして、グールの襲撃から守ってくれながら、熱いまなざしで見つめてささやく。

「リン、好きだ」

きゃ～！　近くにいた女の子たちが歓声を響かせる。

「出た～！　御影君のいきなり告白‼」

「わたしもいきなり告白されたた～い！」

熱い告白でわたしの体温が急上昇、熱中症になりそうだ。

またスタージュエルがチカチカと光る。

さっきのグールがUターンして、こっちへ向かってくるのが見えた。

ときめいてる場合じゃない、グールの襲撃は続行中だ。

わたしはあせりながら、小声でうったえる。

「御影君、また……来るよっ」

御影君がわたしの耳元にそっとささやく。

「大丈夫、リンは俺に抱かれていればいい」

ダン！

零士君の足が蛇グールの頭を踏みつけた。魔力のこもった一撃でグールはガラスが割れるみたいに砕けて消滅する。

零士君はとげのある声で、御影君に言う。

「御影、ところかまわずリンにふれるな。時と場所をわきまえろ」

御影君は平然と答える。

「俺はいつでもどこでも、リンを抱きしめたい」

「おまえの望みなど聞いていない」

御影君と零士君がにらみ合い、火花を散らしていると。

ひまわりの方から、また別の蛇のグールが向かってきた。

（まだいるの⁉）

今度は１、２、３……４匹も！

「御影君、零士君――！」

またグールが！

知らせる前に強風が起こり、砂ぼこりがまきあがった。

「きゃ……！」

目をつむり、顔をそむけ、めくれるスカートを押さえる。

そうやってみんなの目がそれた瞬間。

刃のようなつむじ風で、蛇グールが切り刻まれて消えた。

強風とグールがきた方から、虎鉄君が現れた。

「リ〜〜〜ン」

まるでスキップでもするように軽やかにやってきて、わたしに耳打ちする。

「あっちにグールに襲われた被害者がいたから、ついでに治療魔法やっといた」

わたしはホッと胸をなでおろした。

「ありがと、虎鉄君」

「どういたしまして。お礼はキスでいいから」

にっこり笑って、虎鉄君はわたしのほっぺに軽くチュッとした。

きゃ～！ まわりの女の子たちと一緒に、わたしも心の中で叫ぶ。

御影君が虎鉄君の胸ぐらをつかんで、

「てめー、なに勝手にキスしてんだ？」

「朝のあいさつだよ」

零士君はとげとげしい目でにらみつける。

「何があいさつだ。無礼きわまりないおまえが」

「今日からすることにしたんだよ。リン限定でな」

猫がフー！ って威嚇するみたいに、わたしを囲んで、３人がにらみ合う。

それを見て、女の子たちがきゃっきゃとはしゃぐ。

「また王子たちが姫をとり合ってる～！」

「姫、うらやましすぎ～！」

「わたしもとり合いされた〜い！」

わたしと3人のこんな日常は、いまでは鳴星学園の名物のようになっていて、姫をとり合う王子とかナイトとか、いろいろ言われている。

本当は――魔女と悪魔で、そして婚約者。

未熟な魔女のわたしを守るために、悪魔の御影君たちがいつもそばにいてくれる。

今日も、わたしがハラハラドキドキしている間に、グールをやっつけてくれた。

(みんな無事でよかった)

ふうと一息ついたとき、突き刺さるような強い視線を感じた。

見ると、校庭に置かれた朝礼台の横に、綺羅さんがいた。

表情は笑顔、でも夜のような黒い瞳はわたしを射抜くように見つめている。

真夏なのに背筋がぞくりと冷えて、わたしは身をすくませた。

担任の地岡先生が来て、申しわけなさそうに言う。

「あの〜、スミマセン、後ろがつかえてるので前に進んでもらえます？」

零士君がわたしの背にそっと手をあててうながした。

「リン、行こう」

「う、うん」

乱れた列が整って、ぞろぞろと校庭へ向かう。

鳴星学園は生徒の数がすごく多いから、全員が集まるにはかなり時間がかかる。

あつ〜い、だり〜……そんな声がちらほら聞こえてくるけど、それでも生徒全員がぞろぞろ終業式へと向かっていく。

アリが行列するみたいに。

まるで糸で引っぱられるみたいに。

整列が終わると、終業式がはじまった。

小学校では校長先生が話をするところだけど、この学園は違う。

3年の学年主任の先生がマイクをもって言った。

「では、生徒会長のお話です」

綺羅さんがすっと一歩を踏みだした。

長い黒髪をなびかせながら、流れるように階段をのぼる。

（うわぁ、きれい……！）

さすがモデル。

ひとつひとつの動作に、目が引き寄せられる。

きらめく陽射しが強さを増して、スポットライトのように綺羅さんを照らす。

蝉の合唱が遠ざかり、生徒のみんなの声がやんで静まり返った校庭に、綺羅さんの透きとおった声が響いた。

「神無月綺羅です」

綺羅さんが話したのは、よく先生たちが話すような夏休みの注意事項。でも学園の生徒全員が綺羅さんに注目し、その一言一句を聞き逃さないように耳をすませている。

まるで、ステージに立つスターだった。

(すごい)

改めて思い知らされる。

この学園は、綺羅さんの世界なのだと。

綺羅さんは世界の中心で、民衆に語りかける女王のように、あでやかに微笑みながら言った。

「皆さん、よい夏休みを」

2

星占い部の一学期最後の活動日。

時計塔の部室に部員全員が集まって、零士君の調査結果を聞いた。

「9月9日生まれ、星座は乙女座――時の狭間に生まれた魔女であるだろうから、これは表向きのプロフィールだろうが――年齢は14歳。

父親は、神無月財閥の当主、神無月司。

母親は、世界的なピアニストの神無月響子。

神無月綺羅は、神無月財閥の一人娘だ」

蘭ちゃんが目をまんまるくして感嘆の息をもらした。

「すごい家族構成ね。ドラマみたい」

わたしも大きくうなずく。

でも、すごいのは身内の人たちばかりじゃない。

綺羅さん自身のプロフィールも華々しい。

「神無月綺羅は入試トップで入学、入学後の成績も常に上位を維持している。

特技はピアノ、有名なコンクールで最年少優勝を果たしている。

ティーン雑誌の読者モデルでデビューし、大手芸能プロダクションに所属。雑誌の看板モデルとして圧倒的な人気を誇り、近頃はテレビやイベントなどにも出演し、活動範囲を広げつつある。いま、もっとも注目されているモデルのひとりだ」

綺羅さんにはたくさんの顔がある。

成績トップで、この学園の生徒会長。

日本有数の財閥のお嬢様。

人気急上昇中のモデル。

ざっと並べただけで、こんなにも。

「これらは公になっている彼女のデータ、いわば神無月綺羅の表の顔。裏の顔は、いまだよくわからない」

虎鉄君が難しい顔をしながら、零士君に問う。

「近づこうとすると見えない壁にあたったみたいに進めなくなるし、追跡してもまかれちまう。ありゃ、いったいどういう魔法だ？」

「きわめて高度な防御魔法だ」

悪魔の虎鉄君でも近づけないなんて。

強い魔力をもつ黒魔女——それが綺羅さんのもうひとつの顔だ。

黒魔法で生みだされたグールに、わたしはいままで何度も襲われている。

正体が明らかになって以来、綺羅さんは時と場所を選ぶことなく、白昼堂々とグールを放って攻撃してくるようになった。

蘭ちゃんが腕組みをしてぷんすか怒った。

「人に呪いの魔法をかけるなんて、ホント嫌な人！　けど、頭も良くて、才能もあって、人気もあるなんて……強敵ね」

そんな人に狙われてるなんて……怖い。

御影君が力づけるように、わたしの手を握った。

「リン、大丈夫だ。俺たちがついてる」

「うん……ありがとう」

グールに襲われる毎日だけど、御影君たち3人がいつもそばにいて守ってくれるから、すごく心強い。でも——。

不安はあまりないんだけど、ひとつだけ、気がかりというか、心配事があった。

そのとき、誰かが時計塔の階段を元気に駆け上がってくる音が聞こえた。

「お邪魔しま～す！　やっほー、リンリン！」

青山かずみちゃんがやってきた。

クラスは違うけど、小学校からずっと同じ学校に通っている同級生だ。

「ねえねえ、夏休み、佳世さんちに行かない？」

とうとつなお誘いに、わたしは目をぱちくりとさせる。

「佳世さん……？」

「あたしの叔母にあたる人だよ。黒霧高原ってところで、ペンションやってるの」

行ったことはないけど、その高原の名前は聞いたことがある。

避暑地として人気の観光地だ。

「夏休みはお客さんがいっぱい来るから、いつもアルバイトの人を雇ってるんだけど、何日か人手が足りないらしいの。あたし、お手伝いを頼まれて。リンリンも、一緒に手伝ってもらえないかなぁ？」

「え？　あの……わたしでいいのかな？　そういうのやったことないけど……」

ちゃんとできるのか、ちょっと不安だ。

「誰がいっかな〜って考えに考えた結果、リンリンが一番いい！　ってことになりました！　おめでと〜！」

理由はわからないけど、いっぱいいるかずみちゃんの友達の中から選んでもらえたらしい。

それって、ちょっとうれしい。

「中学生だからあくまでお手伝いってことで。お給料は出ないけど、その代わり、ペンションの部屋にタダで泊まれて、3食おやつ付き！　それであいた時間には、自由に遊んでいいって。近くにきれいな湖があってね、すごくいいところだよ。夏休みのレジャーに最適！　どう？」

わたしは両手を握りしめて返答した。

「やりますっ！」

かずみちゃんは御影君たち3人の方を見て言った。

「もちろん影っちたちも来るよね？」

御影君たちは力強く答える。

「当たり前だろ」

「ダメって言われても行くし」

「リンが行くのに、僕たちが行かないという選択肢はない」

かずみちゃんはニッコリ笑顔で大きくうなずいた。

「そう言うと思った！　けっこう力仕事もあるからさ、男手がほしかったんだよね。ホント助かるよ！」

どうやら御影君たち3人もちゃっかり頭数に入っていたらしい。

さすがかずみちゃん、ぬかりがない。

「じゃ、みんなオッケーってことで。リンリンって、スマホもってたっけ？」

「あ、うん」

カバンからスマホをとりだして、かずみちゃんと電話番号とアドレスを交換した。

うれしくて胸がじ〜んとする。

2人目のお友達登録だ。

「くわしいことはまた連絡するから！　よろしくね〜！」

かずみちゃんは軽やかに階段を駆け下りていった。

物陰に隠れていた蘭ちゃんがひょこっと出てきて、

「リンが即決なんてめずらしいわね」

「あ、うん。夏休みだし、御影君たちに休んでほしいなって思ってたから、ちょうどいいかなって……いつもみんなに守ってもらってばかりだから」

——わたくしの世界から出ていきなさい。

そう綺羅さんに警告されたけど、それに逆らってわたしはここにいる。

綺羅さんの行動範囲であるこの町や学園にいる限り、休みなくグールは襲いかかってくる。

つまり、御影君たちには休みがない。

それがわたしの心配事だった。

ペンションのお手伝いをしなきゃならないから完全にお休みとはいかないだろうけど、町を離れてしまえば、少なくともグールとの戦いは休めるはずだ。

「リンの護衛を大変だと思ったことは、一度もないぞ」

「どんなグールが来るか、けっこう楽しみにしてるし～」

「君を守ることは、婚約者としての義務であり、僕が望んでしていること。気遣いは無用だ」

みんなの気持ちはすごくうれしい。

「でも、グールはいつ襲いかかってくるかわからないでしょう？　気が休まらないだろうし、疲れるだろうし……だから、たまにはグールのことは忘れてのんびりしてほしいの」

御影君たちは、３人そろって首をひねる。

「休む？　それってリンの護衛をやめるってことか？　ありえねえな」

「のんびりするのって退屈じゃねえ？」

「悪魔に休暇など必要ない、と僕は思うが」

悪魔には休むという習慣がないようで、ぴんとこないみたい。

すると蘭ちゃんが、わたしの気持ちを代弁してくれた。

「つまりリンは、悪魔にも夏休みを楽しんでほしい、って思ってるのね？」

「そう！　そうなの！」

さすが蘭ちゃん！

蘭ちゃんはうなずいて、さらに３人に解説するように言った。

「リンは、あなたたちと一緒にラブラブしたいって言ってるのよ」

「えっ!?　ら、蘭ちゃん、そういうわけじゃ……！」

「婚約者と泊まりで観光地へ行くってことは、そういうことでしょ？　新婚旅行の予行練習、もしくは一足早いハネムーンよ」

そこまでは考えてなかった。

ただせっかくの夏休みを、ちゃんと休んでほしいって思っただけで……。

御影君たちがほんのり頬を赤く染めて、何やら思案しながらつぶやく。

「新婚旅行……」

「リンとラブラブ……」

「2泊3日……」

えっ、みんな、なに考えてるの⁉

蘭ちゃんが発破をかけるように言った。

「リンから旅行のお誘いよ。まさかこれを断るなんて、ありえないわよね？」

ぜったい、もちろん、むろん――

「「「行く」」」

3人は声をそろえた。

中学生になって初めての夏休み。

わたしは悪魔3人と一緒に、高原のペンションへ行くことになった。

3

黒霧高原までは高速バスで5時間ちょっと。

ちょっと長旅だったけど、御影君たち3人とおしゃべりしていたら、あっという間に目的地へついた。

「リンリン、いらっしゃ〜い！」

先に到着していたかずみちゃんが、現地のバス停で出迎えてくれた。

「その服、かっわいい〜！　超似合ってる！」

リボンやレースがついた白のワンピースに、幅広の帽子。

夏の高原リゾートに合うようにって、蘭ちゃんが考えてくれたコーディネートだ。

かわいいなんて言われると照れるけど、蘭ちゃんのコーデを褒められてうれしい。

「ありがと」

そのとき、スマホの着信音が鳴った。

通話ボタンを押すと同時に、お父さんの大きな声がとびだしてきた。

「リ―――ン！　リン、無事か!?　いまどこだ!?」

「ちょうど黒霧高原に着いたところだよ」

「大丈夫か!?　やっぱりお父さん、迎えに行こうか!?」

今回の旅行、心配性で過保護なお父さんを説得するのが一番大変だった。

しぶりながらオッケーはしてくれたけど、心配は止まらないみたい。

「大丈夫だから。お父さんはお仕事があるでしょ？」

「やっぱり仕事は休む！　仕事も大事だけど、リンの方がずっと大事だ！」

本当に仕事を休んで来てしまいそうな勢いだ。

どう説得すればいいか困っていると、かずみちゃんがわたしのスマホをひょいっととって、

「どうも、青山かずみでーす！　いつもリンさんには仲良くしてもらってます～。すみません、あたしがお手伝いお願いしちゃったせいで。いえいえ。リンさんはあたしと一緒の部屋なので、はいはい、ぜんぜん心配いりませんので～。お仕事がんばってくださいね！　それじゃ！」

マシンガンのように勢いよくしゃべって、ピッと電話を切った。

「こういうのって、本人より友達が話した方が、リンリンパパも安心すると思うから。はい」

スマホを受けとって、わたしはかずみちゃんにぺこりと頭を下げた。

「ありがと、かずみちゃん」

「これくらいおやすい御用だよん。パパが来ちゃったら、影っちたちとラブラブできないもんねっ」

「えっ⁉」

御影君たち3人が、かずみちゃんを見直したように言う。

「おまえ、いいやつだな」

「気がきくじゃねえか」

「これは借りひとつとして覚えておこう」

かずみちゃんは、あははっと明るく笑って、

「お互い、楽しい夏休みをすごさなきゃね。さ、行こっ」

わたしはかずみちゃんについていきながら、火照った顔をハンカチでパタパタとあおいだ。

かずみちゃんに案内されてゆるやかな坂道を登っていくと、木々の間に、洋風の建物が見えてきた。

「ここが佳世さんのペンションだよっ」

ログハウスのような建物で、赤い屋根がおしゃれでかわいい。

まるで童話に出てくるようなペンションだ。

「かわいいペンションだね」

「でしょう？　かわいいものだ〜い好きな佳世さんのこだわりがつまってるからね」

入り口には『カルルクローラ』という看板がかかっている。

「『カルルクローラ』……？」

「ペンションの名前だよ」

「ちょっと変わった名前だね。どういう意味なの？」

「え〜っと、なんだったかな？　佳世さんから聞いたことあるんだけど……あっ、見て見て！　後ろ！」

ふり向いて、わたしは思わず感嘆の声をあげた。

「わあ……！」

山に囲まれている広い湖が、そこから一望できた。

青く澄んだ湖面は、鏡のようにまわりの風景を映している。

「きれい……！」

「でしょう？　ペンション作るときに、一番こだわったところがこの眺めなんだって」

「へえ……」

そのとき、ペンションの方から女の人の声がした。

「うっわ、すっごいイケメン！　３人も!!」

ふり向くと、白いブラウスにロングスカートの大人の女性がいた。

その人は御影君たち３人を見て、興奮気味に目を爛々とさせている。

もしかして――。

かずみちゃんがその人を紹介してくれた。

「この人が佳世さんだよっ」

やっぱり。

御影君たちへの反応が、どことなくかずみちゃんと似ている。

「佳世さん、この子がリンリンで、あとがリンリン大好きなイケメン三人組だよ！」

すごい紹介……と思いながら、わたしはぺこりと頭を下げてあいさつした。

「こんにちは。はじめまして、天ヶ瀬リンです。お世話になります」

佳世さんはわたしをじいっと見て、そしてびっくりすることを言った。

「……カルラさん？」

「え？」

初対面の人の口から突然、母の名前が出てきて驚いた。

「あぁ、ごめんなさい、そんなはずないのに……あなたによく似てる人を知ってて。知ってるって言っても、カルラという名前しか知らないんだけど――」

カルラという名前はめずらしく、たぶん他にはない。

わたしはおずおずと佳世さんに言った。

「あの……天ヶ瀬カルラは、わたしの母ですが」

「まあ！」

佳世さんは表情を輝かせ、声に喜びをあふれさせた。

「どうりで面影が……そう！　そうなの！　あの、それで、お母様は――カルラさんはお元気かしら？」

「あ、えっと……母は、７年前に亡くなりました」

佳世さんが息をのみ、その表情に悲しみが浮かんだ。

潤んだ目が大きくゆれる。

「あの、母のお知り合いですか……？」

「ええ……いいえ、知り合いというほどでもないわね。昔、一度だけ、カルラさんと会ったことがあるの。うちのペンションでね」

「母が、ここに？」

「ええ。カルラさんは言ってたわ、あの湖が大好きだって」

「湖が……」

「またここに来てくれると思って、ずっと待ってたんだけど……」

佳世さんは悲しみをのみこんで、笑顔を浮かべた。

「リンちゃん、だったわね？　来てくれて本当にうれしいわ。さあ、どうぞ入って。お部屋へ案内するわ」

佳世さんの後についていきながら、わたしはふり向いて湖の方を見た。

陽射しを反射して、湖面がキラキラ光っている。

まるで宝石のように。

（お母さんが大好きな湖……——）

わたしの心は、湖に強く引き寄せられた。

4

「２階奥の２０１号室が女子部屋で、２０２号室が男子部屋ね。部屋に仕事用の制服が置いてあるから、それに着替えてちょうだい」

佳世さんの指示に従って、御影君たちは男子部屋へ、わたしはかずみちゃんと女子部屋へ入った。

ベッドがふたつ並んだツインルームは、女の子なら誰でもあこがれるような部屋だった。

花柄のカーテンやレースのベッドカバーがかわいくて、テンションがあがる。

でもはしゃいでいる場合じゃない。お仕事しなくちゃ。

わたしはさっそく仕事用の制服に着替えた。

濃紺のワンピースに白いエプロンドレスを着て、髪は結んでアップにして、レースのついたカチューシャをつける。

大きな鏡で自分の姿を見て、わたしは首をかしげた。

「ねえ、かずみちゃん、この服はもしかして――」

かずみちゃんは指でハートを作ってポーズをとった。

「メイド服だよ♪」

やっぱり。

「あたしの友達の中で、このメイド服を一番かわいく着こなせるのはリンリンだ！　って思ったんだよね～。チョー似合ってるよ！」

え？　わたしが選ばれた理由って……それ？

それって喜んでいいのかな？　ちょっとわからない。

「それじゃ、仕事着姿のイケメン3人を見に行こうか！」

かずみちゃんがわくわくした様子で、スキップしながらドアの方へ行く。

(ん？　わたしたちがメイド服ってことは……もしかして)

部屋を出ると、着替え終わった御影君たち3人が廊下で待っていた。

白いシャツにリボンタイを締め、黒いベストとズボンに、白の手袋をはめている。

(わあ、執事だ！)

かずみちゃんがぐっと拳を握ってガッツポーズをした。

「期待通り、いや期待以上のイケメン執事だね！　イエッス！」

執事の悪魔。

3人とも、よく似合っていてステキすぎるよ。

見とれていると、御影君たちもわたしをじいっと見て言った。

「リン、かわいい」

「ブラボー」

「まったく君は、何を着ても似合う」

ひゃ〜！

うれしい、けど、恥ずかしい！

「写真撮ってあげるよ！　はい、並んで並んで〜」

かずみちゃんにスマホで写真を撮ってもらった。

ペンションの廊下に立つ、メイドのわたしと執事の御影君たち3人。

いつもとは違う雰囲気で、特別感があってなんだか楽しい。

「ありがと、かずみちゃん」

これはぜひとも、蘭ちゃんに見せないとね。

わたしは撮ってもらった写真を、さっそくメールで送信した。

送り先は、セレナさん。

送ってすぐに電話がかかってきた。

「はい、もしもし」

電話に出ると、テレビでおなじみの明るい声が聞こえた。

「星はキラメキ！　恋はトキメキ！　運命の占い師、ミス＝セレナ！　リンちゃん、やっほ〜☆」

「こんにちは、セレナさん。写真、届きました？」

「届いたわよん♪　それについて蘭が話したいって。いま代わるわね〜ん☆」

電話越しに蘭ちゃんの声が聞こえた。

「リン、写メありがと！　この衣装なに？　え、仕事着？　メイドと執事がいるペンションなんて、おもしろいじゃない！」

蘭ちゃんの声が楽しげで安心した。

地縛霊の蘭ちゃんは、残念ながら遠出ができない。

学園の時計塔で留守番なので、蘭ちゃんが暗い気持ちになっちゃうかもと思ってセレナさんに相談したら、時計塔に遊びに来てくれることになった。

夏休みの特別番組のため、今週は朝の星占いのコーナーはお休みなんだって。

「わたしはセレナとおしゃべりしてるから大丈夫よ。リン、ゆっくり楽しんできなさいよ。土産話、楽しみにしてるから」

「うんっ」

「あと、しっかり3悪魔とラブラブしてくること」

「え!?」

「3人の中から、結婚相手を選ばなきゃならないんでしょ？　いい機会なんだから、デートでもお泊まりでもして、3人のことをもっとよく知ること」

「でも……」

「恋愛は受け身ばかりじゃダメよ。たまにはリンから誘うくらいのことしなきゃ！」

わたしから御影君たちを誘うなんて、考えただけで心臓がばくばくする。

代わって、またセレナさんの声が聞こえた。

「ねえリンちゃん、魔力をアップさせるものは何か、知ってる？」

「え？　いえ」

「心のパワーよ。うきうき、ドキドキ、わくわく、きゅんきゅん！　そんな胸のトキメキ、星のようなキラメキが、魔女や悪魔の魔力をアップさせるのよん↑」

「トキメキとキラメキ……それって、セレナさんの占いコーナーの前口上みたいですね」

「そ☆　わたしは毎回言いながら、視聴者のみんなにパワー送ってるのよ♪」

へえ、あの言葉って、すごく意味のあることだったんだ。

「だからあなたも、イケメン悪魔たちといちゃいちゃラブラブして、思う存分トキメいてらっしゃい♡」

「リン、恋バナも楽しみにしてるからね。じゃあ――」

蘭ちゃんとセレナさんが声をそろえて言った。

「「シーユー！」」

ぷつっと電話が切れた。

「リン、どうした？　顔が赤いぞ？」

御影君が顔をのぞきこんでくる。

「ううん、なんでもないよ。さ、お仕事お仕事」

わたしは熱くなった顔を手でぱたぱたあおぎながらかずみちゃんのところへ行った。


ロビーへ向かいながら、かずみちゃんの話を聞いた。

「お手伝いは、2つのグループに分かれてやるよ。あたしとプラスふたりはレストランで、残りのふたりで佳世さんのお手伝い。そんな配置でお願いね」

虎鉄君がわたしの肩に腕を回して言った。

「じゃ、俺は、リンとペアな！」

それに対して、御影君と零士君は無言だった。

めずらしくすんなりパートナーが決まって不思議に思っていると、零士君が理由を教えてくれた。

「僕ら3人は、リンと夏休みをおおいに楽しみたいと思っている。しかし3人で一緒に仲良く、というのは無理だ、というのが共通意見でもある。かといって、誰がリンと行動を共にするか、いちいち争っていては物事がスムーズに進まない。よって、僕たちは平等にリンと夏休みを楽しむためのシステムを導入した」

「システム？」

虎鉄君がわかりやすく簡単にまとめる。

「名付けて、『順番にリンとラブラブしようシステム』〜！」

「えっと……そのシステムはいったい？」

零士君が真面目な口調で説明してくれた。

「リンとふたりっきりになるシチュエーションになったとき、順番にリンのエスコートをするというシステムだ。平等に、そして公平に。順番はすでに決めてある」

「で、一番手は俺、ってわけ。よろしくな、リン」

そんな虎鉄君に、御影君がふっと笑いながら言う。

「仕事しながらじゃ、リンとラブラブできないだろ。残念だったな」

虎鉄君もふっと笑い返した、挑発的に。

「そいつはどうかな？」

「おまえ、リンに手ぇ出すなよ!?」

「貴様、何をたくらんでいる？」

「さあね〜？」

そんなことを話しているうちに、ロビーについた。

そこにいた佳世さんが、メイドのわたしと執事の御影君たちを指さして叫ぶ。

「メイド、キュート！　執事、ブラボー！　かずちゃん、ナイス人選だわ！」

「でしょう？」

ふたりはがしっと手を握って、うなずき合う。

さすが叔母と姪、ノリがそっくりだ。

「では、さっそくだけど、かずちゃんとあとふたりは夕食の準備をお願いね」

「アイアイサー！　影っち、零様、行くよ！」

「おい、なんで俺は影っちで、零士は様付けなんだよ？」

「なんかそんな感じだから。レッツゴー！」

御影君と零士君はかずみちゃんにレストランの方へ引っぱって行かれた。

「リンちゃんと虎鉄君は、わたしと一緒に受付をお願い」

「え？　受付ですか？」

思いがけない役目に驚いた。

お手伝いだから、てっきり裏方の仕事をするのかと思っていた。

「あの……受付って、すごく大事なお仕事なんじゃ……？」

「ええ、すっごく大事よ。お客さんが一番最初に会う、いわばペンションの顔だから。第一印象って重要よ～」

「そ、そんな大事なお仕事を、わたしたちがやっていいんでしょうか？」

「大事だから、あなたにやってほしいの」

佳世さんはにっこり笑う。

「ま、でも、そんなに難しく考えないで。受付で必ずしてほしいことは、ひとつだけ。いらっしゃったお客様に、笑顔で『カルルクローラ』と声をかけること」

「カルルクローラ……ですか？」

このペンションの名前だ。

「そ。おまじないでね。簡単でしょ？　あとは、身だしなみね」

佳世さんはわたしと虎鉄君を、頭のてっぺんから足の先までなめるように見た。

「ん～～～～、リンちゃんはオッケー！　虎鉄君、リボンタイをちゃんと締めて、髪を整えて、きちんと身なりを整えてちょうだい」

電話が鳴って、佳世さんは受付カウンターの方へぱたぱたと走って行ってしまった。

虎鉄君が首をかしげながら、自分の髪にふれる。

「これじゃあダメなのか？　整えるって、どうすりゃいいんだ？」

ちょっと困っている虎鉄君に、わたしは言った。

「よかったら、わたし、やろうか？」

5

1階のスタッフルームに大きな鏡があったので、その前に虎鉄君に座ってもらった。

家でお父さんが髪を整えるのをときどき見ているので、なんとなく要領はわかる。

わたしは虎鉄君の背後に立って、まずはブラシで金色の髪をとかした。

「虎鉄君の髪って、ふわふわだね」

「だろ？　俺、毛並みの手入れは欠かさないから」

虎猫が丁寧に毛づくろいをしている光景を想像して、顔がゆるむ。

猫はキレイ好きっていうけど、悪魔もそうなのかな。

ブラシで丁寧に髪をとかしていると、虎鉄君は気持ちよさそうに息をつきながら言った。

「俺、誰かにさわられるのって、すっげー苦手でさぁ」

「え？　あ、ごめんなさいっ」

あわてて手を離そうとすると、虎鉄君の大きな手がわたしの手をつかむ。

虎鉄君は下からわたしの顔を見上げながら、

「苦手なんだけど、リンはへーキ。チョー気持ちいい。もっと、さわって」

「う、うん」

ドキドキドキ……鼓動が速くなる。

よく考えたら、こんなふうに男の子の髪にさわることってあまりないかも。

しかもふたりきり。

なんか、すごく緊張してきた。

（ね、猫だよ！　猫の毛をブラッシングしてると思えば！）

虎鉄君は椅子に深くもたれて目を閉じている。

呼吸が穏やかで、心からくつろいでいる感じだ。

わたしは髪をとかしながら、虎鉄君の顔をまじまじと見た。

整った顔、まつげが長い……。

（って、見とれてる場合じゃないよ！）

わたしはドキドキを悟られないように、手早く整髪料をつけてセットした。

「できたよ。どうかな？」

虎鉄君が目を開け、鏡で自分の姿を見ると、立ち上がってこちらを向いた。

すらりと背が高くて、肩幅もあって、執事服がとてもよく似合っている。

窓から射しこむ太陽の光が明るい髪を照らしてキラキラしている。

いつものラフな虎鉄君とは雰囲気がぜんぜん違う。

すごく大人っぽくて、どこか気品があって、まるで貴族か王子様みたい。

ギャップで、かっこよさも倍増だ。

「リン、どう？　似合う？」

「え？　あ、うん……いいと思うよ」

わたしはたどたどしく言いながら、虎鉄君のゆるんでいたリボンタイをきゅっと結び直す。

虎鉄君は顔を寄せてきて、ささやくように言った。

「堅苦しいのは好きじゃないけど、こういう格好もたまにはいいな。リンが俺にときめいてくれるし」

はう……！

ドキドキしてるの、気づかれてたみたい。

真っ赤になって硬直していると、虎鉄君はわたしの緊張をときほぐすように、ははっと笑った。

「まぁ、どんな格好でも、中身は変わんねえけどな」

人懐っこい笑顔は、いつもの虎鉄君で。

わたしの緊張がふんわりときほぐれた。

「じゃ、がんばって働きますか」

「うん」

最初にやってきたのは、女性4人組のお客様だった。

わたしは虎鉄君と一緒にロビーに立って、お辞儀をしてお出迎えした。

「い、いらっしゃいませ。カルルクローラ……へようこそ」

緊張で声が震える。

一方、虎鉄君は余裕を感じさせる笑みで、

「カルルクローラ、お待ちしておりました」

お客様たちの目が虎鉄君に釘づけになる。

その気持ち、すごくよくわかるよ。

こんなかっこいい執事に迎えられたら、思わず見とれちゃうよね。

受付カウンターで、佳世さんがペンションやお部屋の説明をしている間、わたしは待っているお客様にウェルカムドリンクの冷たいアイスティーを出した。

「お飲み物をどうぞ」

ドキドキしながらさしだす。

アイスティーを飲んだお客様は、口をそろえて言った。

「おいし～い！」

「ねえねえ、これ、なんていう紅茶なんですか？」

「あ、はい、えっと……カルルクローラのオリジナルブレンドティーです」

みんな喜んで、アイスティーをおかわりしてくれた。

それだけのことなんだけど、なんだかすごくうれしかった。

次のお客様は、外国人のご夫婦。

突然、英語で何やら話しかけられた。

「え？　あ、えっと……」

速くてぜんぜん聞きとれなかった。

受付では、佳世さんは先ほどのお客様とまだ話している。

（どうしよ～！）

あたふたしていると、虎鉄君がすっとわたしの横に来て、

「カルルクローラ、Good afternoon, sir.（いらっしゃいませ、お客様）」

虎鉄君は外国人のご夫婦を湖の見える窓辺へ案内し、そこで英語で楽しげに会話する。

戻ってきた虎鉄君に、わたしはこそっと話しかけた。

「虎鉄君って、英語しゃべれるの？」

「日常会話くらいならな。いろんなところ行ってるうちに、自然と覚えたって感じ」

授業中、お昼寝していることが多い虎鉄君。

英会話ができるなんてびっくり。

服装だけじゃなくて、本当に執事みたい。

虎鉄君の違う一面が見られて、そんな虎鉄君もかっこいいなぁって思ってしまった。

次のお客様は、家族連れ。

お父さんとお母さん、その後ろに幼稚園生くらいの女の子が隠れている。

ご両親が受付で佳世さんと話している間、わたしはしゃがんで女の子に話しかけた。

「カルルクローラ、こんにちは。お名前は？」

女の子ははずかしがってもじもじしている。

虎鉄君がわたしの横に来ると、花瓶に飾ってあった花を1本手にとって、ふっと息を吹きかける。

風にのって花びらがひらりひらりと舞って、空中を踊る。

女の子のこわばっていた顔がほころんだ。

「わあ……！　お兄ちゃん、すごぉい！　手品？」

虎鉄君がいたずらっぽく笑ってウインクした。

「風の魔法だ」

とっても楽しくて優しい魔法、虎鉄君らしいな。

ほんわかした気持ちになっていると、ふいに、かずみちゃんがロビーに駆けこんできた。

「ねえ、見て見て！　黒猫の執事つかまえたよ！」

「え？」

わたしはぎょっとした。

執事の服を着た黒猫が、かずみちゃんの両手に抱えられている。

(み、御影君!?)

黒猫がかずみちゃんの腕から逃れて、わたしの方へ走ってきた。

わたしはしゃがんで小声で話しかけた。

「御影君、どうしたの？」

「猫の姿でいたら、あいつにつかまった」

虎鉄君がジト〜とした目で黒猫を見ながら、小声で言う。

「おまえ、俺とリンのいちゃいちゃタイムを邪魔しに来やがったな？」

黒猫はふいっと目をそらした。

「何のことだ？」

「とぼけんなっ。リンとふたりのとき、お互い邪魔はしねーってとり決めだったろーが！」

黒猫が首をかしげる。

「そうだっけか？」

「お〜ま〜え〜な〜〜〜〜〜！」

そのとき、そばにいた女の子がぱあっと顔を輝かせて言った。

「お兄ちゃんたち、猫ちゃんとお話しできるの？」

ぎくっ。

黒猫と話しているのを、聞かれてしまったみたいだ。

「あ、えっと、それはね……！」

ごまかそうとするわたしを制して、虎鉄君は女の子ににっこり笑いかけた。

「ああ、そうだよ。この黒猫ちゃんは、君に抱っこしてほしいって言ってる。思いきり抱っこしてあげるといい、喜ぶから」

ヒゲと耳と尻尾をピンと立てる黒猫に、女の子がとびついて頬ずりする。

「きゃ〜〜〜、ふわふわ〜♡」

そこへ最初の女性４人のグループがロビーに来て、虎鉄君はその人たちにもお知らせした。

「黒猫の執事がいますよ。かわいがってやってください」

かわいい〜〜〜！　女性たちは歓声をあげて黒猫に群がる。

そのあとも、やってくるお客様に大好評。

なでなでされたり、一緒に写真撮影したり、黒猫執事は大忙しだ。

「御影君、大人気だね」

虎鉄君は、はははっと笑った。

「禁忌の悪魔とは思えないモテモテぶりだな。ざまーみろ」

受付にいる佳世さんが、鼻息荒く興奮しながら目を輝かせる。

「これは……いい招き猫だわ！　あの猫、うちで飼っちゃおうかしら？」

黒猫が逃げだすまで、ロビーには明るい声がずっと響いていた。

6

山間に夕日が沈み、日が暮れてあたりに闇がただよう。

ディナーの食器の片付けをして、今日のわたしたちの仕事が終わった。

レストランで一息ついていると、佳世さんが来てわたしたちに言った。

「みんな、今日はどうもありがとう！　本当に助かったわぁ」

かずみちゃんがぐいっと胸をはる。

「でしょう？　こんなに役に立つ中学生はなかなかいないよ～」

「さすがわたしの姪！　いい働きだったわよ！」

テンポよく言い合いながら、かずみちゃんと佳世さんは明るく笑い合う。

わたしはくすっと笑いながら、佳世さんに言った。

「最初は緊張しましたけど、楽しかったです。お客様をおもてなしして喜んでもらうのって、すごくやりがいのあるお仕事ですね」

「そうなの！」

佳世さんは大きくうなずいた。

「あなたなら、きっとそう言ってくれると思ったわ」

「え？」

それは……どうして？

佳世さんはちょっと意味深に微笑んで、

「話は後にして、食事にしましょ。おなかがすいたでしょう？　テラスに用意してあるから」

「テラス？」

わたしたちは私服に着替えてテラスへと向かった。

そこに用意されていたものを見て、わたしは驚きの声をあげた。

「わあ……！」

テラスには、わたしたちのディナーが用意されていた。

テーブルにはブルーのテーブルクロスがかけられて、その上にシャンパングラスやお皿、フォークやナイフが何本も並んでいる。

テーブルの中央には炎の灯ったランプ、頭上には満天の星。

星空の下のレストランだった。

かずみちゃんも目を丸くして、歓声をあげた。

「なにこれ⁉　これ、あたしたちの晩ごはん⁉　佳世さん、すっご〜い！」

「でしょう？　特別なお客様だけにふるまう、星空のディナーよ」

わたしは思いっきり恐縮してしまった。

「でもわたしたちはお客様じゃなくて、お手伝いに来ただけで……お金もないですし……」

「お金なんかいらないわ。わたしがごちそうしたいの。遠慮はいらないわ、どうぞ」

「でも……」

ためらうわたしに、佳世さんが言った。

「実はね、ちょっとわけがあって。ほら、用意したお料理が冷めてしまうから、早く座って」

うながされて、わたしたちは席についた。

「いただきまーす！」

かずみちゃんの声につづいて、わたしたちもいただきますをする。

シャンパングラスに入ったアップルジュース、とろりとしたコーンスープ、彩りが美しい新鮮なサラダ……佳世さん自ら、料理を運んでくれる。

メインディッシュはステーキだ。

一口食べて、かずみちゃんが叫ぶ。

「おいしい〜！」

わたしも食べてびっくりした。

「お肉が……すごくやわらかい……！」

じゅわ〜っとおいしさが口いっぱいに広がってとろける。

一口食べただけでわかる、これはすごく高級なお肉だ。

ただお手伝いに来ただけなのに、どうしてこんなおもてなしをしてくれるのかな。

（わけってなんだろう？）

すごく気になる。

すると零士君が佳世さんに問いかけてくれた。

「早くわけというのを聞かせてもらいたい。リンが気になっているようなので」

わたしはぺこりと頭を下げた。

「あの……お願いします」

そうね、とうなずいて、佳世さんは話しはじめた。

「実は……昔ね、リンちゃんのお母様に助けられたことがあるの」

「お母さんに……？」

「ええ。いまこのあたりは、人気の観光地としてにぎわっているけれど、昔はぜんぜん違ったのよ。あの湖は、『悪魔の湖』って言われててね」

「……悪魔？」

ドキッとして、思わず御影君たちと顔を見合わせた。

虎鉄君がぐっと身をのりだして問う。

「悪魔が、いるのか？」

佳世さんがあははっと笑った。

「男の子はそういうの好きねぇ。たとえ話よ、悪魔なんていないから」

わたしはちょっと頬を引きつらせながら笑った。

本物の悪魔が３人ここにいる。

「昔、あの湖で事故がよく起こってたの。命に関わるような大事故ってわけじゃないんだけど、人が足を滑らせて落ちたり、泳いでた人がおぼれたり、ボートが転覆したり……そういう小さな事故がたてつづけに、何度も起こるのよ。あと湖を見ていると、なぜか悲しくなったり、イライラしたり、暗い気持ちになるって人もいたわね。そんなことがつづいたから、変な噂がたっちゃって。湖の底に棲んでいる悪魔が、湖に来た人を不幸にするんだって」

かずみちゃんが料理を食べながら言う。

「だから、悪魔の湖？」

「ええ。でもね、わたしはあの湖が大好きで。子供の頃はよく泳いで遊んでたわ。すごくきれいでいい湖なんだぞ！　って伝えたくて、このペンションをはじめたの。でも、なかなかうまくいかなくてねえ、いくら宣伝しても、なぜか悪い方悪い方へ行っちゃって。何年か苦しい時期があって、やめちゃおっかなーって思ってたとき、カルラさんと出会ったの」

佳世さんはわたしのグラスにジュースをそそぎながら話しつづけた。

「何日もお客様が来ない日がつづいたとき、夜、ここでひとり、賞味期限が切れそうな食べ物や飲み物を泣きながらやけ食いしてたの。そしたら、ふいに声をかけられて――『ご一緒していいかしら？』って。顔をあげたら、いまリンちゃんが座っているその席に、カルラさんが座ってたの」

「この椅子に……？」

「真っ白なサマードレスを着てね。いつ来たのか、まったくわからなかったわ。最初は幽霊？　って思ったくらい。でも笑顔がとっても優しかったから、ちっとも怖くなかった」

その光景が目に浮かぶ。

夜に現れる白魔女——優しい笑顔のお母さん。

「一緒に飲んだり食べたりしながら、たくさん話して、たくさん笑って。気がついたら、悩んでることを全部話してた。悪魔の湖のことや、ペンションのこととか……カルラさんは、相づちを打ちながらわたしの話を聞いてくれて……そして笑顔で言ったの。『わたしは、あの湖が大好きよ』って」

佳世さんはなつかしそうに目を細めた。

「すごく、すごくうれしかったわ……わたしの他にも好きだって言ってくれる人がいて。そのとき、もう少しがんばってみようって決めたの。そしたらカルラさんはわたしの手をにぎって言ってくれたのよ、『カルルクローラ、がんばって』って」

「カルルクローラ……それって——」

佳世さんはうなずいて、

「そう、このペンションの名前よ。相手の幸福を願うおまじないなんですって。不思議な言葉よね、それを聞いたら本当に幸福になれるような気がして。それから、ペンションの名前を変えて、再チャレンジよ。町の人たちにも声をかけて、みんなでがむしゃらにがんばった。そしたらいつの間にか湖で事故が起こらなくなって、悪い噂も消えて、人気の観光地になったの。ペンション・カルルクローラも、予約いっぱいの人気の宿になったってわけ」

もぐもぐと食べながら聞いていたかずみちゃんが、ふぅんとうなずく。

「リンリンのママって、すんごくステキな人だね」

わたしは少し照れながら笑った。

お母さんのことを褒められてうれしい。

「今度カルラさんに会ったら、絶対にお礼をしようって思ってたの。わたしにできる最高のおもてなしをしようって。でも亡くなっていたなんて……残念だわ、本当に」

佳世さんの表情に悲しみがよぎる。

でもすぐに悲しみをのみこんで、わたしに微笑みかけた。

「リンちゃん、あなたに会えて本当によかった。カルラさんには何のお礼もできなかったけど、あなたに喜んでもらえたら、こんなうれしいことはないわ」

「わたしも、佳世さんと会えてうれしいです。ここに来られて、お手伝いができて、お母さんの話まで聞けて……こんなうれしいディナー、初めてです」

佳世さんはすごくうれしそうに笑った。

「よかった」

夜空に星がまたたいている。

時間がいつもよりゆったり流れて。

食べながら、星占い部のことを話したり、かずみちゃんの話に笑ったりする。

楽しいなぁ、おいしいなぁ。

そんな思いで、胸もおなかもいっぱいになった。

食事を終えて一息ついた頃、かずみちゃんが言った。

「ねえリンリン、あの湖にジンクスがあるんだけど、知ってる？」

「ジンクス？」

「そ。『湖で一緒に流れ星を見たカップルは必ず結ばれる』んだって」

結ばれる。

その言葉に、猫が耳をピン！　と立てるみたいに、御影君たちがぴくりと反応する。

佳世さんが食器を下げながら笑う。

「それはここ２、３年で生まれた新しいジンクスね。湖に来た男女が結ばれて、めでたく結婚したことが何度かつづいてね。町でも、そのジンクスを盛りあげよう！　って、ちょっとしたイベントをやってるのよ。夜8時になると、湖のまわりの街灯や宿の明かりを一斉に消灯するの。星がとてもきれいに見えるわよ」

「へえ……」

それはちょっと見てみたい。

かずみちゃんがそっとわたしに耳打ちしてきた。

「リンリン、お散歩がてら、誰かと行ってみたら？　せっかく影っちたちと来てんだから、イチャイチャしておいでよ。夜の湖で♡」

「えっ!?」

かずみちゃんはにっと笑って、

「じゃ、あたしは先に部屋で休んでるから！」

「ごゆっくり♡」

かずみちゃんと佳世さんはにっこり笑いながら去っていった。

御影君がガタッと勢いよく立ち上がって、肩を震わせながらつぶやく。

「くく……来た！　このタイミングで、俺の番が！」

そしてわたしの手をとり、デートのお誘いをしてきた。

「リン、湖へ行こう！　ラブラブしながら流れ星を見るぞ、ふたりで！」

例のラブラブシステム。

今度のパートナーは御影君らしい。

猫が毛を逆立てて威嚇するみたいに、虎鉄君が警戒をあらわにする。

「おい御影、わかってんだろうな⁉　ラブラブっても、キスはナシだぞ！」

「ラブラブにキスはつきものだろ」

「リン、危険を感じたらすぐに僕らを呼べ。すぐにだ！」

零士君が真顔でわたしに言う。

御影君がわたしの手を引っぱり、立ち上がらせて、

「おまえらは、おとなしく部屋でニャーニャー鳴きながらゴロゴロしてな。じゃあな！」

虎鉄君と零士君を置いて、ペンションを出て、御影君はずんずん進んでいく。

わたしは引っぱられながら、緊張に体をこわばらせた。

(本当にするのかな……キス)

顔がカ〜ッとなって御影君を見られない。

御影君がふり向いて、あわてて言った。

「あ、えっと……さっきのは、売り言葉に買い言葉っていうか、あいつらに対抗してつい……リンが嫌なことは、絶対しないから」

「うん……知ってるよ」

御影君はわたしを大切にしてくれる。

身を守るだけじゃなくて、気持ちもちゃんと尊重してくれる。

わたしは緊張をといて、御影君をお誘いした。

「湖、行きたいなって思ってたの。一緒に行こ」

御影君はうれしそうにうなずいた。

「ああ」

湖へとつづく下り坂を、わたしは御影君と並んで下っていく。

街灯はあるけど数が少なくて、足元がよく見えない。

「道、暗いねえ」

すると、御影君が指をパチンと鳴らした。

「灯れ」

ポポポッ！　道の両側に小さな炎がたくさん並んで灯り、足元を照らす。

御影君の炎だ。

「炎の道だね」

「リン専用だ」

御影君がわたしの手をとって道へと誘う。

わたしは御影君に手をあずけて、温かな道を歩いた。

7

湖は闇に染まっていた。

ホテルやお店の明かり、車道の街灯はあるけれど、湖は真っ黒にしか見えない。

湖を散策できる道を、御影君と一緒に歩いた。

夜なのに、夜だからか、そこには大勢の人影がある。

（わっ、カップルばっかり！）

右の方で、ふたつの人影がくっついていちゃいちゃしてる。

見ちゃいけないっ、と目をそらし、反対側を向くと――

（わっ、こっちでも！）

ラブラブな人たちに、はさまれてしまった。

ドキドキドキ……なんだかまた緊張してきた。

御影君が立ち止まり、着ていた上着をバッとぬいだ。

ドキ！　と固まっていると、御影君は上着をわたしの肩にかけてくれた。

「寒くなってきた、風邪ひかないようにな」

昼間は暑かったけど、夜になって急激に気温が下がっている。

わたしは御影君の優しさをありがたく受けとった。

「ありがと」

スピーカーからオルゴールの音楽が流れはじめた。

曲は『星に願いを』。

時刻が８時になって、それを合図に照明が落とされた。

街灯もお店の明かりも消えて、瞬間、息をのむ光景が現れた。

「わあ……！」

見上げると満天の星。

きらめく星たちがくっきりと、空一面に見える。

まるで宇宙にいるみたい。

「きれい……――」

言葉を失って見とれた。

そのとき星が流れ、夜空を横切った。

まわりの人たちから、わあっと声があがる。

流れ星はあっという間に消えてしまったけど、はっきりと見えた。

「すごいね、きれいな流れ星だったね！」

当然、御影君も見ていたと思ってそう聞いたんだけど、

「あー……いや、見逃した」

結ばれるジンクスのために流れ星を探しているのかと思ったけど、そうじゃなかったのかな？

すると御影君が顔を寄せてきて言った。

「ずっとリンを見てたから」

カ～ッと顔の温度が急上昇する。

「わ、わたし……？」

「ジンクスがあってもなくても、リンと一緒にいられるなら、俺はそれでいいんだ。それに……どんなに輝く星よりも、リンの方がきれいだ」

赤い炎のような瞳がまっすぐわたしを見つめている。

御影君を見るといつも目が合う。

その赤い瞳には、いつもわたしが映っている。

御影君がさらに距離をつめてきて、そっと抱きしめられた。

わたしはびくっとした。

御影君の体がひんやり冷たくなっている。

「御影君、寒かった？　ごめんね、わたしが上着をもらっちゃったから……」

「大丈夫、へーきだ」

「早く言ってくれれば……炎の魔法であったまっててもよかったのに」

「リンがうれしそうに星見てるから、邪魔したくなかった」

だから……じっと待っててくれたの？

寒いのを我慢して。

胸がきゅんと締めつけられた。

わたしは御影君の胸に頬を寄せて、ぎゅっと抱きついた。
「……ありがと」
御影君の鼓動が聞こえる。
ドキドキ……ドキドキ……。
つられて、わたしの鼓動もどんどん強く高鳴る。
御影君の手が髪をなでてきた。
大きな手は優しくてうっとりしてしまう。
御影君がわたしの髪をかきあげて、頬にキスしてきた。
熱いキス、熱い手、熱い鼓動……。
肌寒い夜なのに、熱で浮かされたみたいに頭がぼうっとする。
「リン……――」
御影君の唇が、わたしの唇に近づいてきた、そのとき。
大きな着信音が鳴って、わたしも御影君もびくっと跳びあがった。
スマホに電話がかかってきた。
画面を見ると、〝お父さん〟、と表示されている。

「お父さんからなんだけど……出ていい？」

御影君はがっくりしたようにうずくまりながら言う。

「ああ……出ないと、何度もかけてくるだろ」

たしかに。

スマホの画面にふれて電話に出ると、お父さんの大声が響いた。

「リー――ン！　リン、お父さんだ！　いまどこだ⁉　何してた⁉」

一気に現実に引き戻された。

「夕ごはんをごちそうになって、湖を散歩してたところだよ。お父さんは食べた？」

「リンが心配で、ごはんがのどを通らない！」

「ちゃんと食べて。お仕事にさしさわるとよくないよ」

そんな会話をいくつかしたあと、電話を切った。

ふう……。

息をついてみると、御影君は湖のほとりにしゃがみこんでいた。

「リンの親父さんって、すっげー鋭いよな……。なんか、いつもいいところで邪魔されてる気がする……」

「あはは……ごめんね」

心配性な父で。

御影君はほんのりと赤くなっている顔を手で隠しながらつぶやいた。

「いや……よかったかも。ちょっと止まんなかったから」

「え？」

「キス、マジでしそうだった」

もし、お父さんの電話がかかってこなかったら。

ファーストキス……しちゃってたかもしれないってこと？

（ひゃ〜〜〜〜！）

寒さがふっとんで、全身がカ〜ッと熱くなった。

このまま湯気になって蒸発してしまいそうだ。

そのときだった。

突然、御影君が勢いよく立ち上がって、湖の方を見た。

「御影君？　どうしたの？」

御影君は鋭い目で湖をにらみ、わたしを背にかばうようにしながら低い声で言う。

「湖に、何かいる」

わたしも湖の方を見てみた。

でも真っ暗で、夜目のきかないわたしには何も見えない。

ただ水音だけが聞こえる。かすかに湖面が泡立つような音が。

「何……？」

「わからない。姿は見えないが、何かがいるのを感じる」

全身を逆立てるように身構えながら、御影君は言った。

「なんか嫌な感じがする……戻ろう」

背後にざわめく水音を聞きながら、わたしたちは湖を後にした。


御影君と夜道を歩きペンションに戻ると、虎鉄君と零士君が玄関の前で待っていた。

虎鉄君が駆け寄ってきて、

「リン、無事か!?」

「うん。御影君が一緒だったから」

「御影が一緒だから心配なんだ」

「んだと？」

御影君と虎鉄君が火花を散らし、猫みたいに、ぐるるるる、とうなる。

間に入ろうとすると、零士君がそれをさえぎって言った。

「リン、今日は疲れただろう。部屋に戻って休むといい」

「でも……」

「明日も手伝いをしなければならないのだから、早く休んだ方がいい」

「うん、じゃ……仲良くね。おやすみなさい」

おやすみ、と３人は声をそろえて見送ってくれた。

（大丈夫かなぁ？）

大きな喧嘩にならないといいけど。

ちょっと心配しながら女子部屋をノックすると、ドアが開き、顔に保湿パックをしているかずみちゃんが出てきた。

「リンリン、おかえりー」

「わっ!?　かずみちゃん、何してるの……？」

「保湿パックだよ。彼氏募集中の身としてはさ、お肌のお手入れは欠かせないからね！」

びっくりした〜。

ホッとしながら部屋に入ると、いい香りがした。

「あ、これはラベンダーの香りだね」

「あたり！　ラベンダーのアロマキャンドルでリラックスしてたところ〜」

鏡の前には、いろいろな形をした道具らしきものがいっぱい並んでいる。

「いっぱいあるね、これはなぁに？」

「美容グッズだよ。美顔マッサージ器に、美顔ローラー、アロマスチーマーとかね。リンリンはお肌のお手入れしないの？」

「したことないなぁ」

洗顔の後にクリームをぬるくらいで、特別なことは何もしていない。

かずみちゃんがわたしのほっぺをつまんでぷにぷにした。

「なんにもしないのに、このもちもちのもち肌!?　うらやましいぞ〜！」

「あうう〜」

いい機会なので、かずみちゃんに美容グッズのことをいろいろと教えてもらった。

星占い部に来る人たちの相談事は多種多様。

こういうことも、知っていれば何かの役に立つかもしれない。

「これ、気持ちいいねぇ」

美顔ローラーというもので顔をコロコロしてマッサージしていると、ふいにかずみちゃんが言った。

「で、影っちとキスしてきた？」

ドゴッ！　心臓にパンチされたみたいな衝撃が走った。

わたしはカ〜ッと真っ赤になりながら否定した。

「し、してないよっ」

「なんで〜？　彼氏ができたら、するもんじゃないの？」

「ど、どうかな……人それぞれだと思うけど……」

ふーん、と言いながら、かずみちゃんは顔のマッサージをはじめた。

魔女のわたしと悪魔の３人は婚約者。

口づけ、つまりキスで、結婚が成立する。

キスは結婚相手を決定するものなので、そう簡単にすることはできない。

でもそんなことをかずみちゃんには言えないので、もごもご口ごもるしかない。

「影っちたちってさ、３人でいるとき何してるのかな？」

またとうとつにかずみちゃんが言った。

「さあ……？」

「気にならない？」

わたしがいないときの３人……。

見たことないから、ちょっと興味はある。

かずみちゃんがぐっと顔を寄せてきて、小声で言った。

「実はこの部屋ね、隣の部屋とベランダでつながってるんだ。ちょっとのぞいてみない？」

「え？」

かずみちゃんは立ち上がるやいなや、窓を開けてベランダに出ていく。

「突撃ー！」

わたしはびっくりして跳びあがった。

「ま、待って、かずみちゃん！」

御影君と虎鉄君のさっきの様子からすると、まだ喧嘩しているかもしれない。

聞かれてはまずい会話をしてるかもしれないし、魔法を使ってる可能性もある。

止めないと！

でも突撃するかずみちゃんの勢いにわたしがついていけるはずもなく。

わたしがベランダに出たときには、すでにかずみちゃんは隣の部屋をのぞいていた。

そしてあっけにとられたような顔で首をかしげた。

「猫が寝てる……しかも、３匹も……なんで？」

部屋をのぞくと、３匹の猫がすやすやと眠っていた。

黒猫はぐて〜っと体を横にして、虎猫は仰向けになってのびのびと、白猫はきれいに丸まってお行儀よく、ひとつベッドの上でぐっすりと眠りこけている。

魔界から来た悪魔は、人間界では力を消耗してしまうので、消耗を抑えるために猫の姿になる。

今日はずっと人間の姿でいたから、すごく疲れたよね。

（おやすみなさい）

わたしはかずみちゃんを部屋に押し戻しながら、そっと心の中でつぶやいた。

8

2日目、ペンションのお仕事は早朝からはじまった。

日の出前に起きて、朝食バイキングの準備をして、後片付けをする。

そして宿泊したお客様を送り出して、お部屋の掃除やベッドメイキング。

やることはたくさんあったけど、みんなで手分けしてやったから、スムーズに終わった。

すべてをこなした後、佳世さんが言った。

「ありがと〜！　みんなのおかげで、準備があっという間にすんだわ。チェックインのお客様が来るまで時間があるから、それまでフリータイムよ。部屋でゆっくりするなり、遊びに行くなり、好きにすごしてちょうだい」

わーい。

お手伝いもやりがいがあって楽しかったけど、フリータイムも楽しみにしていたからうれしい。

「かずみちゃんはどうするの？」

聞くと、かずみちゃんは握りこぶしをして元気に答える。

「もちろん、あたしは出会いを探しに行くよ！　あっちにテニスコートがあってね、テニスでひと夏の恋、ゲットだよ！」

言うやいなや、走って行ってしまった。

わたしはくるりとふり返って、御影君たちに聞いた。

「わたしたちはどうしよっか？」

「リンはどうしたい？」

考えるまでもなく、わたしの行きたいところは決まっていた。

「みんながよかったら、あの湖に行きたいな」

零士君が眉をひそめて、

「昨夜、御影と行ったのではないのか？」

「あ、うん、でも昨日はゆっくり見られなくて……」

虎鉄君が、じとーっとした目で御影君を見る。

「御影、おまえ、やっぱリンに何かしただろ？」

「してねーよ！　……したかったけど」

シャー！　ふたりは猫みたいに牙をむいてにらみ合う。

零士君はやれやれと息をつきながら、わたしに言った。

「では湖へ。僕も行きたいと思っていた。昔、なぜカルラがあの湖を好んでいたのか、興味がある」

「うん、わたしも」

「あの湖、何かいるぞ」

御影君の言葉に、零士君がぴくりと反応する。

「何かとは何だ？」

「わからねえ。けど、昨日の夜、たしかに何かの気配を感じた」

虎鉄君の金色の瞳が好奇心で輝く。

「『悪魔の湖』――カルラが興味をもつような何かが湖に棲んでるってことじゃねえか？　おもしろそーじゃん。行ってみようぜ！」

フリータイム、わたしたちは湖へ行くことになった。

湖のほとりに到着して、わたしは声をあげた。

「わあ！　きれ〜い……！」

夜は暗くてわからなかったけど、水が青く澄んでいて透明度が高い。湖の底の砂利や、泳いでいる小魚までくっきり見えるほど水が透きとおっている。

虎鉄君が湖をのぞきこんで、

「何もいないなぁ。な〜んにも感じないし。本当にいたのかぁ？」

「いた！　絶対に！」

むきになって言い返す御影君を、フォローするように零士君が言う。

「いないと結論づけるのは早い。湖は広い上、その何かは夜にしか現れないという可能性もある。調査が必要だ」

岸の近くは見えるけど、湖の深いところまで目は届かず、沖に何がいるのかはわからない。

「ちょっと湖のまわりを歩いてみようよ」

食べ物やお土産が売っている店がたくさん並んでいて、大勢の人たちが楽しそうな声をあげたり、くつろいだ表情でなごんだり、いい笑顔がいっぱいだ。

強い陽射しで、水面がキラキラ輝いていて、湖全体が明るい光に満ちている。

夜の湖もよかったけど、昼間も違った表情があって楽しい。

「あ、ボートがある」

ボート乗り場には、手漕ぎボートと白鳥のボートがある。

「4人、一緒に乗れるかな？」

「それは難しいだろう。手漕ぎボートは最大3人乗りだ。ふたりずつ2組に分かれて、ふたつのボートに乗るのがいいだろう」

零士君の提案に、御影君と虎鉄君は声をそろえて言った。

「「ふたり……」」

例のラブラブシステムが発動した。

9

今日の太陽は一段と強い。

陽射しがジリジリと肌に痛くて、湖で手漕ぎボートに乗っていると汗ばむくらいだ。

「暑いねぇ」

首の汗をハンカチでぬぐうと、零士君がすっと手を出して、魔法の呪文を唱えた。

「ジルアート」

その手に冷気が集まり、氷の花が現れた。

「わあ、きれい……！　氷の花だね」

「ああ。これをもっていれば、少しは暑さをしのげるだろう」

さしだされた氷の花を、わたしは両手で受けとった。

「ありがとう」

氷の花からひんやりとした冷気が放たれて、手にもっていると心地よかった。

花は、花びら一枚一枚まで細かくきれいに作られている。

繊細で涼やかな氷細工は、すごく零士君らしい。

わたしは涼みながら花に見とれた。

零士君がオールを動かし、手漕ぎボートが水面を滑っていく。

ぎっ……ぎっ……ぎっ……オールを動かす音がリズミカル。

風がさらさら。

ボートがゆらゆら。

水音がちゃぷちゃぷちゃぷん。

あぁ、気持ちいいなぁ。

「はぁ……」

心からくつろいで息をつくと、ふいに零士君が言った。

「……すまない」

見ると、零士君はボートを漕ぐ手を止めて、沈んだ顔でうつむいている。

わたしは首をかしげながら問いかけた。

「どうして謝るの？」

零士君はうつむきながら深刻に言った。

「君とふたりですごすこの時間を、楽しいものにしたいと思う。だが、いざ君とふたりきりになると、何を話せばいいのか……御影や虎鉄なら、君を楽しませるような話ができるのだろうが……僕はいわゆる雑談というものが苦手だ。退屈させて、すまない」

わたしはくすっと笑った。

「退屈なんてしてないよ」

「しかし……」

「楽しいことって、おしゃべりだけじゃないでしょ？　景色を眺めたり、音を聞いたり、風を浴びたり……わいわいするのも楽しいけど、ゆっくりのんびりするのも楽しくない？」

「そうかもしれないが……」

「零士君が一緒だと安心だし、落ち着くよ。零士君といる時間が、わたしは大好きだよ」

零士君がまじまじとわたしを見つめ、やがてうれしそうに微笑んだ。

「ならば、よかった」

優しい零士君の笑顔に、胸がトクンと鳴る。

ときどき見られる零士君の笑顔――奇跡を見たときみたいに胸が高鳴る。

そのとき山間から強い風が吹きつけて、氷の花の花びらが一枚、軸から離れて飛んでいった。

「あっ、花びらが！」

わたしは立ち上がって、花びらに手をのばす。

ボートが大きくゆれてバランスを崩してよろけた。

「きゃ！」

零士君がとっさにわたしの腕をつかみ、引き寄せて、湖に落ちそうになるのを防いでくれた。

「ご、ごめんね、ありがとう」

「氷の花は溶けてなくなる。放っておけばいい」

「でも、せっかく零士君が作ってくれたから……最後まで見ていたかったの」

つかんだ氷の花びらは、わたしの手の中で溶けてなくなった。

冷たい水滴が数滴、陽射しを反射してキラキラしながら落ちた。

「なくなっちゃった……でも、すごくきれいだっ――」

そのとき零士君の両腕がわたしをふんわりと包んできた。

ドキ！

優しく、でも力強く抱きしめながら、零士君は耳元でささやいた。

「僕といて安心だという君の言葉はうれしい。だが、僕が君に心を乱しているように……

君にも、トキメキを感じてほしい」

息が止まりそうになりながら、わたしは心の中で叫んだ。

（ひゃ〜〜〜〜〜〜〜！）

こんなのときめいちゃダメって言われても無理だよ！

トキメキをこえて、ドギメギだよ！

ちょっと激しいトキメキをかき破るように、大声が聞こえた。

「はーなーれーろー！」

見ると、白鳥のボートがすごい水しぶきをあげながらこっちに向かってくる。

御影君と虎鉄君がふたりでペダルを漕ぎながら、白鳥ボートで追いかけてくる。

「こら零士、いますぐリンから離れろー！」

「叫んでねえで、漕げよ黒猫！　うおおお！」

「虎鉄、ゆらすなよ！　落ちるだろ⁉」

「いっそ落ちろ！　重いから降りろ！」

かわいい白鳥ボートが左右に大きくゆれながら、あわててるみたいにバシャバシャ水しぶきをあげている。

ふたりとも怒鳴り合っているけど、端から見るとなんだか楽しげだ。

「……くっ」

零士君が片手で口元を隠しながら、肩を震わせている。

笑いをこらえているみたいだ。

こんなふうに零士君が笑うのを見るのは初めてで、なんだかわたしまで楽しくなってきた。

「あははっ」

零士君がパチンと指を鳴らし、オールに魔力をこめる。

するとオールひと漕ぎでボートがすいーっと動いた。

「ふっ、追いつけまい」

めずらしく、零士君がいたずらな微笑みを浮かべている。

「ぜってー追いつく！　いくぞ、虎鉄！」

「全力でこげ、御影！」

虎鉄君が風をおこして、御影君が操縦。

手漕ぎボートと白鳥ボートが湖の上で追いかけっこ。

悪魔３人が楽しそうに笑ってる。

夏休みを楽しむ、ふつうの中学生の男の子みたいに。

（よかった）

みんなの笑顔が見られてうれしい。

そのときだった。

わたしの胸元で、スタージュエルがチカチカ光りだした。

「えっ⁉　スタージュエルが……！」

危険信号が点滅しはじめた。

ポコッ。

ボートの右側の水面で、小さな泡が音をたててはじけた。

ポコッ、ポコッ。

今度は左側で泡がはじける。

ポコッ、ポコッ、ポコッ、ポコッ……。

前後左右の水面で、次々と泡が現れては消える。いくつもはじける音が重なって、連続音になる。

泡は、湖の底から発生している。

見ると、ボートの下――湖の底が、真っ黒になっていた。

「なに……？」

零士君が目を鋭く細めて言った。

「湖底に何かがいる」

黒いものが底でうごめき、水がゆさぶられてうねり、波がおこる。

ボートが大きくゆれはじめた。

「氷よ！」

零士君がわたしの手をとり、ブルーの魔法陣の中で悪魔の姿になった。

そして木の葉のようにゆれるボートの上でしゃがみながら、わたしの肩をぐっと引き寄せる。

「リン、僕から離れるな」

「うん」

わたしはうなずき、零士君にしっかりとつかまった。

湖の底では、小さな黒いものがざわざわと動いている。

小魚が集まっているようにも見えるけど、ただの魚にスタージュエルは反応しない。

「あれは……グールなの？」

零士君はじっと湖底を見つめて、

「……気配はグールのものと似ている」

「ここには綺羅さんはいないのに……グールは現れないはずなのに、どうして？」

「自然発生するグールもいる。おそらく、あれはその類の——」

近づいてきた白鳥ボートの上で、御影君と虎鉄君が、

「ほ〜らみろ、やっぱいたじゃねーか！」

「へいへい、そんなことより、いまはリンを守らなきゃだろ！」

言い合いながら、ふたりはジャンプして、こちらのボートに跳びうつってきた。

そしてわたしの手にふれて、

「炎よ！」

「風よ！」

水面に赤と金色の魔法陣が現れて、ふたりは悪魔の姿になった。

御影君が身構えて、

「烈火弾！」

炎の塊が水中へ撃ちこまれる。

でも湖底に炎は届くことなく、途中で消えてなくなってしまった。

虎鉄君が力いっぱい怒鳴りつける。

「この黒バカ猫！　炎の魔法が水中の奴らに届くかよ！」

「うっせえ！　わかってっけど、一応やってみただけだ！　くっそ！　あいつら、なんで

上がってこねえんだ？」

黒いものたちはボートの下でぐるぐる動いているだけで、浮いてこない。

やがて、ボートのまわりに渦が発生した。

洗濯機みたいに、ボートがゆっくり回転しはじめる。

零士君が緊迫感のある声で言った。

「まずい、僕らを水中へ引きずりこもうとしている」

虎鉄君が叫んだ。

「リン、空へ逃げるぞ！」

「うん！」

急いで、頭に箒を思い浮かべて魔法の呪文を唱えた。

「ミランコール！」

空中に魔法陣が現れて、わたしはそこから箒をとりだした。

瞬間、ボートが大きくゆれて傾いた。

「うっ⁉」

御影君がバランスを崩して湖に落ちてしまった。

瞬間、黒猫になる。

「御影君！」

わたしは迷いなく黒猫に手をのばし、ボートから身をのりだした。

猫の手をぎゅっとつかんだけど、身をのりだしすぎて、御影君と一緒に湖に落ちてしまった。

ボコボコボコボコボコボコボコボコボコボコ……ッ！

真下の水面がいっそう激しく泡立って。

「バルブズカバー！」

零士君の声が聞こえて、その後は水音に飲みこまれた。

10

水中で息を止めながら、わたしは胸元の黒猫をぎゅっと抱きしめる。

御影君は水が苦手だ。

このままでは。

「御影君……御影君！　しっかりして！」

心の中で祈ったはずの思いが声となり、黒猫がわたしにすりすり頬ずりしながら甘えた声で言う。

「ニャン♡　めちゃくちゃ大丈夫、すっげー幸せニャ！」

黒猫の御影君がぽっと顔を紅潮させながら、わたしに頬ずりする。

あれ？

きょとんとしていると、虎鉄君がこめかみに怒りマークを浮かべながら、黒猫の首根っこをつかんでもちあげた。

「リン、こいつを心配する必要はぜんっぜんねーから。にやけやがって」

「ニャニャ!?　てめー、俺の幸せを邪魔しやがって……！」

黒猫がじたばたしながら抗議する。

「あれ？　息ができる……」

ぜんぜん苦しくないし、会話もできる。水中なのに、まわりに水がない。

零士君がそばに立っていて、

「魔法で、水中にガラス状の氷の壁をはってまわりを囲んだ」

丸いガラスのような氷の中に、わたしと黒猫、そして零士君と虎鉄君がすっぽり入っている。

大きな泡の中に入っているような感じだ。

「ありがと、零士君」

ホッとしながら言うと、零士君は表情を引き締めたまま、

「礼を述べるのは早い。まだ終わってはいない」

わたしたちのまわりの水が大きくうねり、ぐるぐるゆっくりと回っている。

「……渦？」

「湖底にいるものが渦を起こし、僕らを引っぱっている」

わたしたちは氷の壁ごとどんどん沈んでいく。

湖は深く、地上の光は底まで届かない。

あたりは真っ暗闇だ。

点滅しつづけるスタージュエルの光だけが、灯火のように灯っている。

御影君が警戒心をあらわにしながら言った。

「いるぞ。ひとつやふたつじゃない。無数に」

湖の底にいたのは、黒いトゲトゲしたものだった。

たとえるなら栗かウニみたい。

サッカーボールくらいの大きなものもあれば、卓球ボールほどの小さなものもある。

大小いっぱいの黒いトゲトゲで、あたり一面が真っ黒だ。

「この数……ぞくぞくすんなぁ」

虎鉄君がわくわくしながら身構える。

それを零士君がたしなめる。

「虎鉄、むやみに攻撃するな」

「わかってる。こいつら、黒魔女の放ったグールか？」

「いや、違う。黒魔女のグールは強い。だがあれに僕らを攻撃できるような力はない」

綺羅さんのしわざじゃないらしい。

「じゃあ、このグールはなぁに？」

「これはグールではない。気配はよく似ているが」

「え？」

「強い悪意から生まれ、人を襲うようになったものを『グール』と呼ぶ。あれも負の感情から生まれたものではあるが、人を襲えるほどの力はない。なんの力もない、ただそこにいるだけの――『ダスト』だ」

「ダスト……？」

「人間の感情には強い力がある。本体である人から離れても、力が残ってなんらかの影響を残すことは多々ある。悲しみや苦しみ、怒り、失望、嫌悪などという負の感情は、人が抱えきれずにあふれたり、捨てたり、洗い流したりする。ダストは、そういう捨てられた感情のかけらだ」

「なるほどね」

虎鉄君が納得したようにつぶやいた。

「ここは、ダストの吹き溜まりだな。吹き飛ばされ、流されてきた奴らが、この湖の底に沈んでいる」

わたしの胸元でスタージュエルが点滅して光っている。

明るくなったり、暗くなったり。

そのリズムに合わせて、ダストが上下したり、首をかしげるように左右に動いたりしている。

黒いトゲがぶつかり合って、きしむような音をたてながらうごめいている。

「もしかして……ダストは、スタージュエルに反応してるのかな？」

わたしの言葉に、零士君がうなずく。

「おそらく」

御影君がホッと小さく息をついた。

「リンを狙ってるんじゃないんだな」

黒いトゲトゲたちは体を動かして、浮かぼうとしているみたいだった。

でもダストに浮上する力はない。

ただ体をゆらして、それで水がゆれるだけだ。

まわりの渦がおさまってきた。

「ダストは放っておけば消えてなくなる。やがて力尽き、渦も消える。まもなく僕らは浮上し、湖から脱出できるだろう」

零士君の言ったとおり、わたしたちが入っている氷の壁が浮上しはじめた。

湖の底から……ダストの群れから離れていく。

わたしはスタージュエルをぎゅっと握って、３人に言った。

「魔法、使っていいかな？」

３人が驚いた顔でわたしを見る。

「わたしにできることがあるなら……やりたいの」

放っておけば消えてなくなる。

でも、数多くのダストたちが冷たい湖の底に沈んでいるって知ってしまった。

ダストは何かを伝えたくて、スタージュエルをもつわたしをここまで連れてきたに違いない。

放ってはおけない。

最初に賛成してくれたのは、虎鉄君だった。

「リンのやりたいようにやれよ」

つづいて御影君も微笑んで、

「リンらしいな」

零士君がわたしにスッと手をさしだした。

「共にやろう」

「みんな……ありがとう」

わたしはお礼を言って、零士君の手に手を重ねた。

瞬間、足元にブルーの魔法陣が現れた。
零士君は悪魔の姿に、わたしはブルーのウエディングドレス姿になる。
そして一緒に、魔法の呪文を唱えた。
「「バルブズカバー」」
周囲に、新たな氷がはられた。
零士君が作ってくれた壁よりも、もっと広い氷の空間が水中にできた。
まるで水族館の水槽トンネルにいるみたい。
でも今度の壁は、ダストをはばむ壁ではなかった。
ころころころろん、とダストたちが空間の中に入ってきた。
わたしはダストに話しかけた。
「こんにちは。わたしは、天ケ瀬リンです」
黒いトゲトゲたちが氷の空間の中で小さく跳ねる。
リン、リン、リン――。
いくつもの小さな鈴が鳴るように、波動が合唱のように響く。
わたしはスタージュエルを両手にのせて、祈りながら、魔法の呪文を唱えた。

「みんなに幸せがおとずれますように……カルルクローラ！」

スタージュエルが光って、白魔法が放たれた。

すると黒いトゲトゲのとげがとれて、白くなりはじめた。

そして光の届かない湖の底で、小さな星のようにキラメキはじめた。

「わあ……っ！」

わたしは感嘆の声をあげた。

ひとつひとつの光は弱いけれど、たくさんのキラメキが集まって、照らし合っている。

まるで満天の星だった。

その光に照らされるように、スタージュエルの輝きが増した。

「スタージュエルが……！」

零士君が感心したようにつぶやく。

「ダストの喜びが、スタージュエルを輝かせている。このような現象は初めて見た」

ははっ、と虎鉄君が小気味よさそうに笑った。

「なんかあいつら、笑ってね？」

わたしもそんなふうに感じた。

うれしい――キラキラしながらぴょんぴょん跳ねているダストたちから、そんな気持ちの波動を感じる。

「いままでスタージュエルが光るのって、グールが襲ってくるっていう合図だと思っていたけど……メッセージなのかも」

ほう、と零士君が興味深そうに言う。

「メッセージとは？」

「困ってる誰かがいるよ、って」

なるほど、とうなずいて零士君は教えてくれた。

「『悪魔の湖』と呼ばれていた頃の事故は、おそらくダストが引き起こしたものだ。弱いダストとはいえ、悪意が集まれば不吉なことも起こるし、いずれ凶悪なグールとなる可能性もある。それをカルラは白魔法で浄化したのだろう」

御影君がキラキラ跳ねているダストを見ながら笑った。

「きっとカルラも、いまのリンと同じことしたんだな」

「そっかぁ……お母さんも――」

お母さんがどうしてこの湖が大好きだったのか、理由がわかった気がした。

きっと、ダストがキラメくこの風景が好きだったんだ。
跳ねていたダストたちが、ふわっと宙に浮きはじめた。
ふわふわ、ふらり。
ゆらゆら、ゆらり。
星みたいに宙に浮かんで、最後にキラリと光って、すうっと空中で消えていった。
わたしは消えていくダストたちに向かって、手をふった。
「バイバイ」
消えていくダストから、声が聞こえた気がした。

――ばいばーい……ありがとー……。

わたしは手をふり、すべてのダストが見えなくなるまで見送った。
感動と興奮で、胸がドキドキしている。
(蘭ちゃんに何から話そうかな)
カルルクローラという、相手の幸福を願う魔法の呪文があって。

そんなステキな名前のペンションがある。
そこで昔、お母さんのことが聞けて。
湖の底で、キラキラきらめく星が見られた。
(話したいことがいっぱいだよ)
なんてステキな夏休みなんだろう。
そう思いながら、わたしは御影君たちと笑い合った。

第2話

夏の夜の黒魔女

1

長い夏休みも、気がつけば半分以上がすぎていた。

そろそろ気になるのが夏休みの宿題。

最初は計画を立ててそのとおりに進めていたんだけど、わからない問題でつまずいてしまって、そのまま止まっていた。

そのことを話したら、零士君が教えてくれるというので、うちに来てもらった。

「あっ、そっか！」

ちょっとアドバイスをもらっただけで、ぜんぜんわからなかった問題がすんなりと解けた。

さすが成績学年トップ、教え方もすごくわかりやすい。

「零士君、ありがとう〜」

心からお礼を言うと、零士君は微笑んだ。

「君の役に立ててよかった」

同じテーブルでは、御影君と虎鉄君が頭を抱えている。

「なんで学校が休みなのに、勉強しなきゃならないんだ？」

「誰だよ、宿題なんてつまんねーもん出しやがった奴は。マジ意味がわかんねえ」

ふたりの宿題のノートは、真っ白だ。

「ぱ〜っと宿題を片付けちまう魔法はないのか？」

「零士、おまえなら知ってるだろ？」

期待の眼差しを向ける御影君たちに、零士君が冷ややかに言い返す。

「そのような都合のいい魔法などない。自力で地道にやれ」

御影君と虎鉄君はテーブルに突っ伏す。

「やる気がまったく出ねえ……」

「モチベーションがあがんねえ……」

めずらしく、ふたりの意見が一致している。

突然、御影君が言いだした。

「ご褒美がないと無理だ！　リン、宿題やり終えたら、1回デートしよう！」

「え？」

虎鉄君が膝を打って賛同する。

「そりゃいい、黒猫、ナイスアイデアだ！　それならがんばれる！」

零士君が即座に反論した。

「ちょっと待て。それでは僕にリンとデートする権利がないではないか」

「おまえは別にいいだろ」

「異議なし」

「大いに異議ありだ。宿題を終わらせている僕にこそ、リンとデートする権利があるはずだ」

「ざけんなよ！　宿題を終わらせた上にリンとデートなんて、いいところどりにもほどがある！」

「そーだそーだ！　リンをマンツーマンで教えて、さらにデートなんてムシが良すぎるぞ！」

「わけのわからない言いがかりをつけるな。宿題をやらずに遊んでばかりいたおまえたちが悪い、自業自得だろう」

ごちゃごちゃしてきた言い合いに、テーブルの上でスケッチブックにデザイン画を描いていた人形の蘭ちゃんが、冷静な意見をぶつけた。

「ちゃんと宿題をやって提出しないと、成績は落第点よ。そうなったら部活動は禁止だし、補習でリンと遊ぶこともできなくなる。それでもいいの？」

御影君と虎鉄君は、無言で教科書とノートに向かいはじめた。

ぴたっと悪魔の喧嘩を終わらせちゃうなんて。

いつもながら、蘭ちゃんってすごい。

しばらくみんなで宿題をがんばった後、おやつの時間に休憩をとった。

おやつは、わたしが作った桃のゼリー。

ゼリーを食べながら、虎鉄君が言った。

「黒魔女の奴、ぜんぜん攻撃してこねえな。どうしたんだ？」

夏休みがはじまってから、ずっと平和な日常がつづいている。

かずみちゃんのお手伝いで黒霧高原まで行ったときはもちろん、蘭ちゃんに会いに学園へ行ったり、お買い物に出かけたり、夜は星の観測をしたりしたけど、綺羅さんと会うことはなく、気がかりだったグールの襲撃も一度もなかった。

波乱の夏休みを予想していたけど。

予想外にも、ゆっくりのんびりと楽しい夏休みをすごしている。

「俺らがいるから恐れをなしたんじゃないか？」

御影君の言葉に、零士君が釘を刺すように言う。

「あの黒魔女は、悪魔に恐れをなすような相手じゃない。攻撃してこない理由は、いろいろと考えられるが——そのひとつは、おそらくこれだろう」

零士君は、ティーンズのファッション雑誌を見せた。

表紙は、微笑んでいる綺羅さんだ。

「モデル活動の多忙、だ」

虎鉄君がつまらなそうに顔をしかめる。

「自分が忙しくて、リンを攻撃する暇がなかったってことか？　自分勝手な奴だな～」

雑誌の巻頭10ページにわたって、綺羅さんの写真が大きく何枚も載っている。

いろいろな色やデザインの服を着こなして。

いろいろな表情で。

どの綺羅さんもキラキラ輝いている。

「綺羅さんって、すごい人だねぇ」

感嘆しながらつぶやくと、蘭ちゃんが眉をひそめた。

「ちょっとリン。相手は黒魔女、あなたを狙って攻撃してきてる敵よ？　敵に感心してどうするの？」

「そうなんだけど……綺羅さんも、夏休みの宿題があるでしょ？　3年生だから、受験の勉強もしてるはずだし。宿題や勉強もこなして、芸能界のお仕事もこなして……すごいなあ」

最初に会ったときも、なんてきれいな人なんだろうって感動したけど。

見た目だけじゃなく中身も、知れば知るほど完璧で、圧倒されてしまう。

すごい、の一言だ。

蘭ちゃんがあきれ顔で息をついた。

「リンって、のんきよね〜。まあ、そこがいいところでもあるんだけど」

うんうん、と御影君と虎鉄君がうなずく。

「黒魔女がリンに手出ししてこないのなら、それにこしたことはない。無用の争いはなるべく避けたいからな」

零士君の意見に、わたしは大きくうなずいた。

できることなら、争いたくない。

蘭ちゃんがリビングに飾られているお母さんの写真に目をとめた。

「これがリンのお母さん？」

「うん」

「きれいな人ね。服や小物もステキ。センスの良さを感じるわ。ねえ、よかったら他の写真も見せてくれない？」

「それが、写真はこれ一枚しかなくて」

「え？　一枚って……これだけ？」

「うん」

お母さんと幼いわたしが一緒に笑って写ってる写真。

お母さんが亡くなる少し前のものだ。

「ふつう、もっといろいろあるでしょう？　結婚式の写真とか」

「あ、お父さんとお母さんは結婚式を挙げてないから……。他にもお母さんの写真、たくさんあったらしいんだけど、お母さんが亡くなった後、いつの間にかなくなってたんだって、お父さんが言ってた」

「なくなった……？」

「うん。あとね、お母さんの日記とか、手紙とか、何か記録のようなものはないかなって探したんだけど……」

　わたしはキッチンの引き出しから、母子手帳をもってきて見せた。

「あるのは、これだけなの」

　そこには、お母さんの字でわたしの生年月日、そして『魔女』って書いてある。

　湖で佳世さんからお母さんの話を聞いて、もっとお母さんのこと知りたいなって思った。

　だからお母さんが残した物の中に、何か手がかりになるものはないか、あらためて探してみた。

　でも――

　お母さんの持ち物で残っているのは、スタージュエルのペンダント、空飛ぶ箒、裁縫箱、蘭ちゃんがとり憑いている手作りの人形。

それくらいしかない。

「不思議ね。一緒に暮らしていたのなら、もっといろいろな物があってもよさそうだけど……少なすぎない？」

蘭ちゃんの疑問に、零士君が答えた。

「なくて当然だ。力のある魔法使いほど、自分の存在を隠すのがうまい」

わたしは目をぱちくりとさせた。

「そうなの？」

「元は異世界の住人である魔女が、人間界で平穏に生きていくには、力や正体を隠す必要がある。魔女であることの手がかり、ここで暮らした足跡などを消して、なるべく目立たないように暮らす。おそらくカルラも、そうだったのだろう」

なるほど。

お母さんが自分で自分の痕跡を消したと考えれば、納得がいく。

白魔女だったお母さん……謎がいっぱいだ。

御影君は、雑誌の綺羅さんの写真を指でピンとたたいて、

「それに比べて、こいつは目立ちまくりだな」

「自分をひけらかす、二流ってことじゃね？」

ふたりの意見に、零士君は釘を刺す。

「いま言ったことは、僕の経験にもとづく憶測にすぎない。あの黒魔女が実力者であることはたしかだ。油断は禁物だ」

わたしは溜息をついた。

「難しい宿題がいっぱいだね……」

お母さんのこと、綺羅さんのこと。

どれも難問だ。

そのとき人形の蘭ちゃんが立ち上がって、スケッチブックを立てた。

「できたわ！　見て！」

そこには浴衣のデザイン画が描かれていた。

「わあ、浴衣だね！」

「そうよ。ここに来る途中、ポスターを見たの。夏祭りがあるって」

星ヶ丘町の夏祭り。

毎年、お盆の時期に花火大会が開催される。

「宿題や黒魔女のことも大事だけど、いまを楽しまなきゃね！　みんなで浴衣着て、お祭り行きましょ！」

みんなで、浴衣で花火大会。

楽しい夏休みのイベントがもうひとつ増えて、わたしの胸はわくわくとはずんだ。

2

「ロゼッタローブ！」

わたしは零士君と手を重ねて、魔法の呪文を唱えた。

それはデザイン画を実体化する魔法で、わたしと人形の蘭ちゃん、そして御影君たちも浴衣姿になった。

わたしは花柄の浴衣。赤、黄、青、いろいろな色の花が描かれている。

蘭ちゃんはレトロな模様の浴衣に、帯や髪飾りにレースをあしらっている。

蘭ちゃんは下駄をカラコロと鳴らしながら、前や後ろを見せて、

「どう？　わたしの浴衣コーデは？」

「すっごくかわいいよ〜。さすが蘭ちゃん」

いつもながらセンスがいい。

わたしはちらっと3人を見た。

(うわぁ……浴衣の御影君たちが、かっこいいよう〜！)

浴衣の悪魔。

意外と……ううん、かなり、いい。

御影君も、虎鉄君も、零士君も、それぞれに合った色や柄の浴衣だ。

いつもと雰囲気が違って、ちょっとドキドキする。

「えっと……みんな、すごく似合ってるよ」

「「「リンも」」」

御影君たちの声がそろった。

わたしたちは顔を見合わせて、そろって笑った。

蘭ちゃんが拳をふりあげて、勢いよく言った。

「いざ、お祭りに出発よ！」

夕方、早くも花火大会の会場は、大勢の人でにぎわっていた。

道の両側に屋台が並んで、どこも列ができている。

「リン、見て見て！　屋台があんなにあるわ！」

わたしのカゴバッグの中で、人形の蘭ちゃんが目をキラキラさせている。

「あっ、りんご飴がある！　輪投げも！　でも、どれもけっこうお金がかかるわね……」

残念そうにつぶやく蘭ちゃんに、わたしは財布を握りしめて言った。

「大丈夫だよ。貯めてたお小遣いがあるから」

「え？　でも……いいの？」

「うん。蘭ちゃんとこうやってお出かけするときが来たら、使おうって貯めてたの。これでやりたいことやって、食べたいもの食べて、お祭りを思いっきり楽しもうよ」

蘭ちゃんは笑顔の花を咲かせた。

「お祭りで、豪遊よ～！」

輪投げ、ダーツなどのゲームをして遊んで。

甘いりんご飴を食べて、チョコバナナを頬ばって、たこ焼きをはふはふ食べる。

くじ引きでは、わたしの浴衣のそでに隠れて、こっそり蘭ちゃんが引いた。

それで1等が当たって、蘭ちゃんは大はしゃぎした。

「夢みたい」

ふと蘭ちゃんがつぶやいた。

「子供の頃からずっと体が弱かったから、夏祭りって行ったことなくて……一度、来てみたかったの。かわいい浴衣着て、おしゃれして」

「夢がかなったね」

蘭ちゃんがすごくいい笑顔になった。

うれしいな、楽しいな。

そんなふわふわした気持ちで歩いていたとき、突然、零士君がふらついて、道の端にうずくまった。

「零士君!?」

うずくまったまま立ち上がれないみたいで、零士君はぐったりしている。

顔は火照っていて、呼吸が荒く、すごく具合が悪そうだ。

「大丈夫？　どうしたの？」

御影君と虎鉄君がふっと笑う。

「今日は暑いからな〜、蒸し蒸しするし」

「零士は、暑さに弱いんだよ」

へえ、と蘭ちゃんが意外そうに言った。

「悪魔も夏バテするのね」

ここ数日、ずっと真夏日で、ずっと熱帯夜だった。

おまけにお祭りはどこもかしこも人でいっぱいで、暑さに弱い人にはつらい状況だ。

虎鉄君が零士君の肩に腕を回して、

「動物園のシロクマやペンギンも夏バテするらしいぞ。おまえ、似てねぇ？」

御影君は零士君の顔をのぞきこみながら、

「つらいんだろう？　無理しないで、猫になっちまえよ。リンは俺にまかせて」

零士君は顔をしかめて、ふたりの手をふりはらう。

「さわるな、寄るな、暑苦しい」

わたしは零士君のそばにしゃがんで、

「ごめんね、零士君。気がつかなくて……」

零士君は氷の魔法を使う。

ちょっと考えれば、暑さが苦手だって想像はついた。

「君のせいじゃない」

零士君は高熱があるときみたいな熱っぽい顔をしていて、かなりつらそうだ。

きっとお祭りに行きたいというわたしのために、無理をして来てくれたんだ。

「どこか涼しいところで休んだ方がいいね」

でもお祭りはどこも人が多くて、熱気がむんむん。

ちょっとお祭りから離れた方がいいかも……そんなことを考えていると、零士君が言った。

「リン、僕は大丈夫だ。少し休んだら追いかける。楽しみにしていた夏祭りなのだから、楽しんでくるといい」

「零士君を置いていったら楽しめないよ」

わたしはあたりを見回して、いいものを見つけた。

「零士君、ちょっと待ってて」

ちょうど近くにかき氷の屋台を見つけた。

わたしはかき氷のブルーハワイを買ってきて、零士君にさしだした。

「これ、食べてみて」

「それは……？」

「かき氷だよ。冷たくておいしいよ。はい、あ〜ん」

ストローのスプーンにかき氷をのせて、零士君の口元へさしだした。

零士君が固まった。

御影君たちもみんな、ピキーンと硬直している。

ニヤニヤした蘭ちゃんが、からかうように言った。

「あなたたち、ラブラブね」

「え？　……あっ、ごめんなさいっ！」

零士君があんまりつらそうだったから、つい。

あわてて離れようとしたけど、零士君の腕につかまった。

零士君がわたしを引き寄せて、ストロースプーンのかき氷をぱくっと食べた。

そして涼やかな青い目を細めて、微笑んだ。

「おいしい」

くらっときて、わたしの方が倒れそうになってしまった。

至近距離でこの笑みは……危険すぎる！

心臓が破裂するかと思うくらいのすごい破壊力だ。

御影君と虎鉄君ががくっとよろけてうずくまり、弱々しい声で言う。

「ううぅ……リン、俺も夏バテみたいだ……」

「か、かき氷を……かき氷を食べさせてくれ……！」

零士君が指をパチンと鳴らす。

ふたりの前に氷の器ができて、そこにかき氷が山盛りにされた。

「存分に食べるがいい」

ふたりはいきり立って、ガーッと牙をむく。

「おまえが作ったかき氷なんか食いたくねーよ！　俺だって、リンにあ～んしてほしいんだ！」

「おまえだけ、ずるいぞーっ！」

零士君が勝ち誇った顔で言う。

「くやしければ、夏バテになってみればいい。もっとも、暑さが平気なおまえたちでは無理だろうがな」

わたしは小声で零士君に聞いた。

「魔法を使って大丈夫なの？　夏バテなのに……」

「夏バテは解消した。君のおかげだ」

へえ、と蘭ちゃんが言う。

「トキメキが魔力を高めるってセレナが言ってたけど、悪魔もそうなのね」

零士君はかき氷をしゃくしゃくと食べながら、

「氷を削り、甘みを加えて食するとは……単純かつシンプル、しかし画期的な食べ物だ。リン、氷にかけられているこの鮮やかな色は何だ？」

「シロップだよ。それはブルーハワイ。他にもいちごとか、メロンとか、レモンとか、種類がいろいろあるんだよ」

「ほほう。暑さをしのぐために氷を食して涼をとり、さまざまな色で目を楽しませる。まさに知恵の結晶だな。見事な食べ物だ」

かき氷ひとつでこんなに語れるなんて、さすがだよ。

（いつもの零士君だ）

元気が出たみたいで、よかった。

ほっと息をついたとき、近くからどよめきが起こって、

「特賞！　猫のぬいぐるみ～！」

そんな声が聞こえた。

大勢の人が集まっていて、黒山の人だかりができている。

「なんだろう？」

人だかりをのぞくと、そこは射的の屋台で、鉄砲をもっているひとりの男の子が、大勢の人たちの視線を一身に浴びていた。

的の景品が並んでいるはずの棚が空っぽになっている。

どうやら全弾命中させたらしい。

男の子の横顔が見えて、わたしはハッとした。

「……刹那君？」

刹那君がこちらを見て、わたしたちに気づいた。

「あ」

やっぱり、悪魔の刹那君だ！

わたしは駆け寄って、思わずはしゃぎ声をあげた。

「わぁ、やっぱり刹那君だ！　久しぶりだね、どうしたの？　元気だった？　また会えてうれしい！」

刹那君は目を見開いて、じいっとわたしを見つめてくる。

なぜか、すごく驚いているみたい。

「えっと……刹那君、だよね？」

刹那君はうれしそうに笑って、

「うん。リンちゃん、久しぶり。ちょっとびっくりしちゃってさ。そんなに歓迎されると思ってなかったから」

わたしの背後で、御影君がぼそっと言う。

「ぜんぜん歓迎してねーし」

虎鉄君が、刹那君の頭を軽くこつんと指でたたいた。

「おい刹那、こんなとこで何してんだ？」

「え？　え〜っと……気分転換で、ちょっと遊びに。そしたらいっぱい人がいて。虎鉄さん、これって何やってるんですか？」

「夏祭りだよ。これから花火があがるってよ」

「へえ、いいですね！　俺も一緒に行こーっと♪」

御影君が牙をむくように刹那君をにらむ。

「ダメだ。帰れ、チビ猫」

刹那君はにこにこ笑いながら言い返す。

「嫌でーす。俺がどこで遊ぼうと、俺の自由でしょ？」

「おまえを自由にしとくと危ねーんだよ！　リンのホッペにチューしやがって！」

それは前に刹那君と会ったときのことだ。

刹那君がやれやれと肩をすくめた。

「やだな～、ず～っと前のことなのに、まだ根にもってるんですか？　心せまーい」

「ああ、せまいぞ。俺はリンのことに関しては、めちゃくちゃ心せまいんだ！　誰にもさわらせたくないんだ！　わかったら失せろ！」

わたしは御影君の浴衣のそでをくいっと引っぱって、

「御影君、せっかく刹那君と会えたのに、帰れなんて言っちゃダメだよ。一緒にお祭り楽しもうよ」

「う……でも……！」

「大勢の方が楽しいよ。ね？」

御影君は無言で引き下がった。

刹那君が近くの屋台を指さして、

「ねえねえ、リンちゃん、あれは何？　白い雲みたいなの」

「わたあめだよ。食べてみる？」

「食べる食べる！」

刹那君が加わって、お祭りの楽しさがさらに増した。

輪投げやダーツなど、刹那君はゲームがとても上手で、両手で抱えきれないほどの景品をもらった。

「刹那君、すご～い！」

刹那君が輪投げの輪を指でくるくると回しながら、

「簡単だよ♪　リンちゃん、ほしいのある？　とってあげるよ」

「ホント？　じゃあ……あの猫の置物！」

「おっけー。よっと」

刹那君が輪を投げた瞬間、虎鉄君がふっと息を吹く。

小さな風が起こって、輪が狙いからはずれた。

「あっ、虎鉄さん、ちょっと～、ひどくないですか⁉」

虎鉄君はいひひと笑う。

「まだまだ未熟だな」

４人の悪魔が、お祭りでおいしいもの食べて、ゲームをして遊んで、言い合いしたり笑ったりしている。

猫がじゃれ合っているのを見ているようで、なんだか微笑ましい。

みんなで笑いながら屋台が並ぶ道を歩いているうち、ふとあることに気がついた。

道行く人たちが、ちらちらとこっちを見ている。

ふり向いて、二度見する人も。

カゴバッグに入っている人形の蘭ちゃんも、そのことに気づいて、

「すれ違う人たち、みんなこっちを見ていくわね」

「御影君たちがかっこいいからだよね」

利那君も入って、イケメン相乗効果で目立ちまくりだ。

すると蘭ちゃんが言った。

「それもあるだろうけど、半分以上の人は、リンを見てると思うわ」

「え？　わたし？」

思いがけないことを言われて、目をぱちくりさせる。

「だってリン、すっごくキレイだもの。素通りできないくらいにね」

「え〜、まさか――」

笑いながら、まわりに視線をやると、何人かの人と目が合った。

そう言われてみると……いくつかの視線が、わたしに向いているような気がする。

「恋してる女の子は、キラキラしていてすごくキレイ。ドキドキしたり、ときめいたり、そういう気持ちで女の子は磨かれるのよ。リンは前より、ずっとキレイになっているわよ」

御影君たちに出会ってから、ほとんど毎日ときめいてるし、ドキドキすることが多い。

そういうことで女の子が磨かれるのなら。

蘭ちゃんの言うとおり……なのかな？

うれしいような、恥ずかしいような気持ちがわいてきて、思わず体を縮めてしまう。

ふと、御影君が言った。

「リンを一番ときめかせてるのってさー……誰だ？」

３人がお互いを見合って、

「やっぱ俺だよな。一番たくさん告白してるし」

「告白すりゃいいってもんじゃねーだろ。リンを楽しませて笑わせてるのは俺だし」

「僕とて少なからず、リンに喜びを与えているという自負はある」

３悪魔の視線がぶつかり合い、バチバチと火花が散る。

「試そう」

御影君がわたしを引き寄せて、ホッペにチュー。

虎鉄君が、手の甲に口づけ。

零士君に、背後から両腕でぎゅうってされた。

ドキ！　ドキ！　ドキ！

ドキドキ３連発で心臓が跳びあがって、叫びそうになったとき、近くで男の人の大きな叫び声が聞こえた。

「うあああああああああっ！」

会場警備のお巡りさんが、わたしたちを見て硬直していた。

（えっ、うそ、お父さん⁉）

お父さんが顔を思いっきり引きつらせて、凍りついている。

大ピンチ！

でもバッチリ目撃されていて、もう、どうしようもない。

現行犯の犯人みたいに観念しかけたとき、刹那君が夜空を指さして、大声で言った。

「あ〜っ！　猫が空飛んでる‼」

お父さんやまわりの人たち、みんなが一斉に空を見上げる。

その瞬間、３人は猫の姿になった。

黒猫、虎猫、白猫に。

お父さんがこちらに目を戻して、またまた驚いた。

「えっ⁉　猫っ⁉」

３匹の猫が、ニャ〜ン、ニャン、ニャニャッ、と何やら言いながら、わたしに目配せをしてくる。

（えっ⁉　もしかして、この状態でごまかせってこと⁉）

ごまかせるかなぁ？

でも、やるしかない。

わたしは心臓をバクバクさせながら、笑顔でお父さんに話しかけた。

「お、お父さん、お仕事お疲れ様～。偶然だねっ」

お父さんはつかつかと近づいてきて、わたしの両肩をがしっとつかんだ。

そしてわなわなと震えながら、はりつめた顔で、

「リン……いま、おまえに男が！　男たちが！　……いや、猫が？」

言いながら首をかしげている。

すごく混乱してるみたいだ。

わたしは心の中で冷や汗をかきながら、精一杯の笑顔を浮かべる。

「クロちゃんたちと一緒にお祭りに来たんだ。みんな、お祭りが好きみたいで」

お父さんがバッとしゃがみこみ、じいっと3匹を凝視した。

「これは、本当に、猫か？」

ギクッ。

「ね、猫だよ～。どこから見ても、そうでしょ？」

お父さんは3匹の猫をさわったり、もちあげたり、匂いをかいだり、いろいろ調べはじ

めた。

まずい、すごく怪しんでる！

そのとき、あわてた様子のお母さんと小さな子の親子連れが、背後からお父さんに声をかけた。

「あの、すみません！　お巡りさん、トイレどこですか⁉」

お父さんはくるりとふり向いて、ぴしっと立ち上がる。

お巡りさんの表情になって、お仕事モードでてきぱきと説明した。

「はい、トイレはあちらです！　ここから１００メートルほど行った先に――」

お仕事してるお父さん、かっこいい。

心の中でそう言いながら、わたしは後ずさりして、

「お父さん、またね！　お仕事がんばってねっ」

３匹の猫と一緒に全力で逃げた。

3

お祭りのにぎわいから離れた公園で、わたしたちはふうと息をついた。

あれでごまかせたかな？

後から追いかけてきた刹那君が、問いかけてきた。

「虎鉄さんたちのこと、お父さんに隠してるんだ。なんで？」

その問いには、蘭ちゃんが答えてくれた。

「『娘は嫁にやらん！』って言ってるお父さんだからね。いきなり婚約者３人を紹介したら、お父さん、倒れちゃうわ」

できればお父さんに隠し事はしたくないけど、本当のことを知ったら、きっとただではすまない。

なんとかごまかしてるけど、いつまでごまかせるのやら……。

あたりに人がいないのを確認して、３匹の猫は浴衣姿の３人に戻った。

「リンとの結婚が決まったら、俺はオヤジさんにあいさつする！　もうあいさつの言葉も考えてある！」

得意げに言う御影君に、虎鉄君と零士君がツッコミを入れる。

「その言葉、永遠に言う機会はねーな」

「無駄というほかない」

「なんだと⁉」

にらみ合う3人を、刹那君は楽しげに眺める。

「リンちゃん、お父さんに結婚報告するときは教えてよ。すっごいおもしろいことになりそう！」

あははは……笑いながら溜息をついたとき、ふいに背後から声をかけられた。

「こ〜んば〜んは〜〜〜」

ふり向くと、きつねのお面をかぶった人がいた。

浴衣姿のお面の人は、陽気な声でわたしに話しかけてくる。

「暑いですねぇ。浴衣がとってもお似合いですよ」

「あ、ありがとうございます。えっと……どなたですか？」

「僕ですよ、僕」

そう言われても、お面で顔が隠されているから誰だかわからない。

困っていると、御影君がわたしを背に隠して、お面の人にすごんだ。

「俺たちの前でリンをナンパするとは、いい度胸してんな」

お面の人はぶんぶん首を横にふった。

「へ？　違います違います、僕は怪しいものではありません！」

虎鉄君と零士君が、ツッコミを入れる。

「いや、怪しいだろ」

「不審者にしか見えない」

わたしは御影君の背中からひょこっと顔を出した。お面で顔はわからないけど、のんびりまったりした声は聞き覚えがある。

「あの……ひょっとして、地岡先生ですか？」

「はぁ〜い」

仮面をとって、黒縁のメガネをかけた、にこにこ笑顔の先生が現れた。

わたしたちの担任だ。

先生はニコニコしながら、うれしそうに言った。

「楽しんでますか、お祭り！　僕は楽しんでますよ！　楽しくて、ついつい屋台でお面買っちゃいましたよ〜。それにしても天ヶ瀬さんたちに会えるなんてうれしいなぁ〜、さすが縁日！」

「えんにち？」

「お祭りって、『縁日』って言うでしょう？　もともとは、お祭りに来た人々が神様と縁を結ぶ日という意味なんですけど、人と人が出会って縁を結ぶ日だとも思うんです。こんな人混みの中で出会えるなんて、君たちとは本当に縁がありますね」

「本当ですね」

こんな大にぎわいの中でバッタリ会うなんて、すごい偶然。

たしかに先生とは縁がある。

「先生も花火を見に来たんですか？」

先生はメガネをくいっとあげて生真面目に言う。

「いいえ、僕は花火にはまったく興味はありません。実は、噂の調査をしに来たのです」

「噂？」

「はい。学園七不思議です！」

ドキッ。

思いがけない人から思いがけない言葉が出てきて、びっくりした。

「学園七不思議とは、鳴星学園でまことしやかに語られている7つの噂話です。その中のひとつに、『花火大会の日、亡くなった人に会える』というものがあるんですよ」

４つ目の七不思議だ。

先生はメガネをキラリと光らせて、声をはずませる。

「実に興味深い噂です！　亡くなった人に本当に会えるのだとしたら、ぜひとも、それをこの目で見てみたい!!　そう思ってくりだしてきたわけです、はい」

先生はすごく好奇心旺盛みたいだ。

七不思議を熱く語る姿は無邪気な子供のようで、思わずくすりと笑ってしまった。

「そうですか。でも、気をつけてくださいね」

先生は首をかしげた。

「気をつける？　何をですか？」

「あ、えっと……人が多いので、ぶつかったりしないように」

グールが現れるかもしれないから、とは言えなくて、でも本当に気をつけてほしかったから、そんなふうに言っておいた。

先生はにっこり笑って、

「天ヶ瀬さんも気をつけてくださいね。――あ、瓜生君たち３人が一緒なら大丈夫ですね。それじゃ、また」

スキップするみたいに去っていった。

蘭ちゃんがカゴバッグから顔を出して、

「学園七不思議を真面目に調べるなんて、ちょっと変わった先生ね」

「そうだね。でも、いい先生だよ」

そのとき、ふわりと何かが視界を横切った。

白くて、丸くて、ふわふわしたもの。

それがホタルみたいにかすかに光っている。

ひとつではなかった。

無数の淡い光の玉がどこからか飛んできて、お祭り会場の上空に浮かんでいる。

「あれ、なんだろう？　たんぽぽの綿毛……？」

「でもたんぽぽの綿毛が真夏に飛んでいるはずがないし、あんなふうに光らないわよね？」

蘭ちゃんと一緒に首をかしげていると、零士君が見上げながら言った。

「あれは亡くなった人間の感情だ」

「亡くなった人の……？」

「湖の底にいたダストと同じだ。人間の感情は、命が消えた後にも残るほど、強い力をもっている。お盆と呼ばれるこの時期は、亡くなった人間の魂を迎える日なのだろう？」

「うん」

「一度命を落としてこの世界を去った人間が戻ってくることはできない。しかし彼らの感情のかけらが、あのように飛んできているようだ」

「亡くなった人の気持ち……それって、どういう思いなのかな？」

蘭ちゃんが光の玉を見つめながら、ぽつりと言う。

「悲しいとか、つらいとかいうのもあるだろうけど……誰かに会いたいとか、誰かが心配とか、そんな気持ちなんじゃやない？」

そのときお祭り会場の人混みの中から、小さな光の玉がふわりと浮き上がった。

「あ、いま、お祭りに来てる人から、光の玉が出たよ！」

よ～く見ると、お祭りを楽しんでいる人たちからも光の玉が生まれている。

いくつも、たくさん。

零士君が、ほう、と感嘆して言った。

「どうやら、生きている人間が亡くなった人間を偲び、その感情のかけらが放たれているようだ」

空から亡くなった人の気持ちが飛んできて。

地上で生きている人の気持ちが浮かび上がる。

どちらの光もきれいでふわふわだ。

見ていると、光と光がくっついた。

「あ、くっついた」

くっついたまま、ふわふわと宙を上下に動いている。

まるで羽ばたくように。

「蝶々が飛んでるみたいだね」

「人間の思いやる気持ちと、思われる気持ちが出会って、あのようになっているんだ」

気持ちのかけらとかけらが次々とくっついて、数え切れないくらいたくさんの蝶になった。

ふつうの人の目には見えない。

ひらひらと舞う蝶は、とても楽しそうで、喜んでいるように見える。

「もしかして、これが学園七不思議なのかな？　『亡くなった人に会える』っていう……」

「厳密には死者に会えたわけではないが……ある意味、対面するよりも深い再会かもしれないな。あの世とこの世、異なる世界にいるもの同士の感情がふれ合っているのだから。奇跡のような現象だ」

あっちでも、こっちでも、気持ちと気持ちがふれ合い、くっつき合って蝶が生まれている。

ときおり蝶の気配を感じたのか、空を見上げる人もいたけど、ほとんどの人は気づかず、お祭りを楽しんでいる。

思い思われる人たちの気持ちから生まれた、夕闇の蝶。

「きれいだね……」

不思議で、どこか切なくて、でもいとおしい光景だ。

わたしは蝶を見つめながら、ふと思った。

(お母さんの気持ちも飛んできてるかな?)

わたしは両手を組んで、お母さんを思った。

できるなら、お母さんの気持ちにふれたい。

亡くなって7年もたっているから、難しいかな。

(お母さん……お母さん――)

心の中で呼びかけながら、蝶を眺めていたときだった。

刹那君が体をぴくっとさせて、虎鉄君の腕をつかんだ。

「虎鉄さん！」

「あん？　刹那、どうした？」

刹那君は声をおさえて、お祭りの人混みを指さした。

「――あいつだ」

御影君たち3人の表情が鋭くなった。

ドクン！

わたしの心臓が跳ねて、全身に緊張が走る。

（綺羅さん）

混雑の中を、紫のワンピースを着た綺羅さんが歩いていくのが見えた。

長い黒髪をなびかせながら、流れるように歩いている。

表情に笑みはなく、まわりには楽しそうな屋台がたくさんあるのに、見ることすらしない。

その後ろを、一匹の猫がついていく。

コラットという種類の猫だ。

闇を少し薄めたような灰色の毛色。

その瞳は紫――パープルアイ。

お祭りのにぎわいの中を、ひとりと一匹、静かに進んでいく。

蘭ちゃんが声をひそめてわたしに言った。

「わたしたちに気づいてないみたいね」

綺羅さんと猫はこっちを見ることなく、混雑をぬけて、人気の少ない暗闇の方へ向かっていく。

その姿はだんだん遠ざかっていく。

「黒魔女に反撃するチャンスじゃねえか？」

御影君が目を鋭く細めて言う。

「いつもリンが襲われて、それを俺たちが防ぐっつーパターンだった。でも――」

虎鉄君がうなずいて、

「今回は、先手を打てる」

零士君が意見をつけ加えた。

「学園七不思議にはグールが関わっている可能性が大だ。黒魔女がまた何かをたくらんでいるのだとしたら、それを未然に防ぐことができるかもしれない」

みんなが楽しんでいるお祭りを守らないと。

わたしは決意した。

「行こ」

わたしたちはみんなで、綺羅さんを追跡することにした。

4

日が沈み、あたりが闇に染まった。

道沿いに並んでいる提灯がオレンジ色に灯って、ゆらゆらゆれている。

その下を、綺羅さんと灰色の猫がするすると進んでいく。

打ち上げ花火の開始時間まであと少し。

人出はさらに増えていて、満員電車みたいな大混雑で、まっすぐ歩くのが難しいほど。

そんな混雑の中を、誰ともぶつかることなくスムーズに歩いている。

まるで実体のない影みたいだ。

後をつけるのも、ついていくので精一杯。

虎鉄君が笑みを消してつぶやく。

「あいつ……すげえな。気配がみじんも感じられねえ」

御影君がうなずいて、

「あの猫もだ」

蘭ちゃんがじいっと綺羅さんを見つめて、

「なんか変じゃない？　あの人、ふだんは芸能人のオーラがむんむん出てるのに、誰も気づかないなんて」

たしかに、人気急上昇のモデルがあんなに堂々と歩いているのに、誰も気づく人がいないのは不自然だ。

終業式では、全校生徒の目が釘づけになるほど、強い存在感があったのに。

力のある魔法使いほど、力や存在を隠すのがうまい。

零士君の憶測が真実味をおびてくる。

「あれも魔法なのかな？」

わたしの疑問に、めずらしく零士君が口を濁す。

「わからない。なんらかの魔法だとは思うが……高度な魔法は判別が難しい。つくづくやっかいな相手だ」

光の蝶がひらひらと飛んでいるその下を、わたしたちは小走りで綺羅さんたちを追った。

お祭りの混雑をぬけて、建物と建物の間の路地に入った。

ここから花火は見えないからか、人通りはほとんどない。

綺羅さんと猫は音もなく路地を進んで、角を曲がった。

わたしたちは気づかれないように忍足で追いかけて、角を曲がってハッとした。

「……え？」

そこは行き止まりだった。

綺羅さんと猫の姿はどこにもない。

「あいつら、どこ行った!?」

「気づかれたか？」

「いや、そんな気配はなかったが……」

そのとき、異変が起こった。

近くをふわりふわりと飛んでいた夕闇の蝶が、じわりと黒くなった。

「え？」

まんまるでふわふわだった蝶にトゲが生えて、黒いものになっていく。

ひとつ、ふたつ、３つ、４つ……次々と黒く染まって、トゲトゲしていく。

ピシ！　パン！

空気がきしむような音がして、提灯や街灯が消えた。

とたんにあたりが薄暗くなって、驚いたりおびえたりする人たちの声が聞こえる。

「停電？」

零士君が声に緊張をにじませて言った。

「いや、明かりが消えるのはいわゆる心霊現象の一種。先ほどの音はラップ音だ」

心霊現象。

ラップ音。

これまでも何度か体験したことがある。

幽霊の蘭ちゃんと初めて会ったとき、そしてグールが現れるとき。

異変が起こるときの前ぶれだ。

お祭りに来ている人たちが、具合が悪そうにうずくまったり、うなったりしている。

小さな子たちの泣き声も聞こえた。

怒鳴っているようなイライラした声もあがった。

泣き声、うなり声、叫び声。

楽しいお祭りに、苦痛の声が広がっていく。

「何が起こってるの？」

虎鉄君がわたしのそばに来て、鋭い目であたりを警戒しながら言った。

「強い悪意がまき散らされているんだ。悪意を浴びれば、苦痛を感じたり、怒りをこらえきれなくなったり、感情が不安定になる」

見ると、黒い霧みたいなものがあたりにただよっている。

それがこっちにも流れてきた。

「リン、つかまれ」

御影君がわたしをお姫様抱っこして跳躍し、わたしたちは近くのマンションの屋上へ避難した。

わたしは屋上から地上をのぞきこんだ。

黒くなってしまった蝶がゆらゆらとさまようように飛んでいる。

「どうしてこんなことに……？」

零士君が教えてくれた。

「人間たちの感情のかけらがグールと化している。これは自然現象ではない。何者かがグールを生みだしている」

蘭ちゃんがぷんすか怒った。

「また黒魔女のしわざね！」

早くなんとかしないと！

わたしは御影君たちに両手を出して叫んだ。

「みんな、お願い！」

３人がわたしにふれて、３つの魔法陣が同時に現れた。

「炎よ！」

「風よ！」

「氷よ！」

３色の魔法陣が重なって、３人が黒衣の悪魔になる。

御影君が黒衣をばさっとひるがえし、赤い瞳をひらめかせる。

「性懲りもなく、またリン狙いか」

虎鉄君が腕や肩を動かして、準備運動しながら声をはずませた。

「退屈しのぎにちょうどいいさ。久しぶりのバトルだ」

零士君が警戒心を強めて、

「御影、虎鉄、油断するな」

刹那君が屋上のフェンスに座って、高みの見物をきめこむ。

「虎鉄さ〜ん、みんな、ファイト〜」

炎、風、氷の魔法が次々とグールを浄化していく。

でも倒しても倒しても、あたりから続々とグールが集まってくる。

バッグの中で蘭ちゃんの顔が青ざめた。

「すごい数……！」

ぞくっとする光景だった。

無数のグールで、空が真っ黒になっている。

それくらい数が多かった。

花火大会の上空どころか、町全体がグールで覆われているようだった。

そのとき何匹かのグールが、一斉にわたしめがけて降下してきた。

「きゃ……！」

3人がわたしを囲んで、グールに魔力を放とうとしたとき。

上空から黒い矢のようなものが飛んできて、降下してきたグールをすべて撃ち落とした。

グールよりさらに上空から。

見上げると、そこに空飛ぶ箒に乗った女の子の姿が見えた。

紫のワンピースを着て、箒の柄の先端に灰色の猫を乗せて。

わたしはハッとして、その人の名前を叫んだ。

「綺羅さん！」

5

綺羅さんがこっちを見て、驚いた顔をしている。

助けた相手がわたしだといま気づいたみたいだ。

「……あなただったの。浴衣で花火を見に来るなんて、つくづく危機感のない人ね」

嫌悪がむきだしの冷たい瞳だった。

冷ややかに見下ろしてくる綺羅さんに、わたしはおどおどしながら言った。

「あ、あの……ありがとうございます。助けてもらっちゃって……」

「勘違いしないで。あなただって知っていたら、助けなかったわ」

突きとばすように言われて、わたしは口をつぐむ。

「綺羅様」

灰色の猫がしゃべった。

「西より、強力なグールが」

西の方角――学園がある方に目を向けると、新たなグールがギャアギャアと叫びながら近づいてくるのが見えた。

ハリネズミとコウモリを合わせたような姿で、大きな翼を羽ばたかせて飛んでくる。

綺羅さんは屋上に着地して箒をおりると、グールを見すえて毅然と言った。

「わたくしの町で、勝手な真似は許さないわ。――群雲」

「はい」

灰色の猫が応えて、人の姿になった。

黒いスーツとネクタイに、黒いサングラスをかけた背の高い男の人。

前に一度、撮影スタジオに行ったときに会ったことがある。

綺羅さんのボディガードであり、マネージャーの群雲さんだ。

「もしかして、群雲さんも……!?」

虎鉄君がうなずいた。

「ああ、悪魔だ」

わたしが出会った5人目の悪魔だ。

群雲さんはサングラスをはずして、猫のときと同じパープルアイで綺羅さんを見つめる。

綺羅さんは群雲さんの首に腕を回し、体を寄せて、そして——

その唇に唇を重ねて、キス、した。


「……!!」

わたしは両手を口にあてて、息をとめる。

「うおっ!?」と御影君と虎鉄君。

「なっ!?」と零士君。

「おぉっ」と刹那君。

ふたりがキスした瞬間、紫の魔法陣が現れた。
その中で綺羅さんは黒い魔女の姿に、群雲さんは黒衣の悪魔の姿になった。
綺羅さんの衣装は、黒ずくめだったけど魔女のローブとは違う。
スタイルのいい綺羅さんを引き立てるようなコーディネート。
カッコよくてかわいい黒の衣装だった。
蘭ちゃんが興奮して、バッグから身をのりだした。
「ちょっとリン、いまの見た!?　あの人たち、キスしたわよ！」
「う、うん」
わたしは両頰に両手をあてて、むぎゅうと押さえつけた。
顔が熱くて心臓がバクバクしている。
いろいろびっくりすることが盛りだくさんだけど、一番の衝撃は——。
（キス……綺羅さんの方から……きゃ〜〜〜〜!!）
しかも人前で堂々と。
なんて大胆なキス。
（綺羅さんは、群雲さんと結婚してるのかな……？）

でも綺羅さんの服は、ウエディングドレスという感じじゃない。

蘭ちゃんもそれが気になったみたいだ。

「黒魔女が着てるのって、ウエディングドレスじゃないわよね？　リンとはぜんぜん違うわね。あの服は、何なの？」

その疑問には、零士君が答えた。

「あれは黒魔女の戦闘服、『ノスタルジア』だ」

魔女に戦闘服なんてあるんだ。

向かってくるグールたちの方から黒い風が吹きつけてきた。

綺羅さんと群雲さんは闇色の服をはためかせながら、風と向き合っている。

綺羅さんは箒にとび乗って、群雲さんに命じるように言った。

「わたくしが蹴ちらす。援護を」

「はい」

綺羅さんの乗った箒が風のような速さで飛び、グールの群れに向かっていく。

「スパイラル・スピンクス！」

魔法の呪文を唱えると、綺羅さんの手から黒い糸が発生した。

「アレス！」

その声を合図に、糸が数本の矢になって飛び、次々とグールをつらぬいていく。

糸につらぬかれたグールは短く悲鳴をあげて消滅した。

「綺羅さんがグールを倒してる……グールは綺羅さんが生みだしたんじゃないの？」

わたしの問いかけに、零士君は思案しながら答えた。

「このグールは彼女が生みだしたものではないということだろう。しかしこのような強いグールが、自然発生したとは考えづらい。しかもこれほど大量に。いったい何が起こってる……？」

零士君でもわからないことが起こっているみたいだ。

綺羅さんは魔法の糸を放って果敢に、まっこうからグールと戦っている。

まさしく戦う黒魔女だった。

でもグールの数が多く、倒しても倒してもきりがない。

次第に綺羅さんに疲労が見えてきた。

箒のスピードが落ちて、呼吸が乱れて、糸の矢の勢いがおとろえる。

そのとき1匹のグールが綺羅さんの死角からせまるのが見えた。

わたしは思わず叫んだ。

「綺羅さん、危ない！」

綺羅さんがハッとしてふり向くと、牙をむくグールがすぐ目の前に。

そのとき、群雲さんが空に向かって手をかかげて叫んだ。

「ジャスティクス！」

瞬間、雷鳴がとどろいて、綺羅さんの近くにいたグールに雷が落ちた。

グールは焼け焦げたように黒い煙をあげて消え失せた。

綺羅さんの箒が失速し、ゆっくりと落ちてきた。

群雲さんが跳躍し、空中で綺羅さんを両腕でふんわりとキャッチして、屋上に着地。

そして今度は――群雲さんから、綺羅さんの唇にキスをした。

（ひゃ～～～～～～～～～～～！）

わたしは心の中で叫ぶ。

御影君と虎鉄君が驚愕の声をあげた。

「悪魔からキスしてもいいのか!?　それもありなのか!?」

「二度もキスだと!?　ざけんなよ！」

零士君はあごに手をあてて、むむむっとうなっている。

ふたりの魔力が交流して、綺羅さんの魔力がぐん！　と高まるのを感じた。

綺羅さんはキスされても照れることなく、まるでそうすることが当たり前のように受け入れて、また命じた。

「群雲、一気に片付けるわよ」

「かしこまりました」

綺羅さんはグールを見すえて声をはりあげた。

「スパイラル・スピンクス！」

今度は一本の長い黒い糸をつむいで、それをグールに放った。

糸が次々とグールを数珠つなぎにしていく。

そして、群雲さんのパープルアイが輝いた。

「ジャスティクス！」

瞬間、雷が糸に落ち、糸につらぬかれたグールたちが電撃によって消滅した。

わたしは息を止めて綺羅さんたちの戦いを見つめた。

（すごい……！）

わたしも少しは魔法を使うようになったから、なおさらそのすごさがわかる。
強い魔力をもっていて、糸の魔法をうまく使っている。
でもそれだけじゃない。
何よりすごいのは、ふたりの呼吸がぴったりだということだ。
どちらがどちらを守るというのではなく、ふたりで力を合わせて、対等に戦っている。
そのコンビネーションに見とれた。
(魔女と悪魔って、こんなふうになれるんだ)
お互いを理解し、信じ合っている。
綺羅さんと群雲さんは、そういう戦い方をしていた。
思わずあこがれを抱いてしまうほどに。
それは、とてもステキな光景に見えた。
グールはひるんだのか、突撃をやめて距離をおいた。
綺羅さんがふうと息をつき、そしてキッとわたしを見て言った。
「あなたのせいよ」
「え?」

「あなたがいるから、グールが集まってきた。この騒ぎはあなたのせいよ」

その意味がうまくのみこめなかった。

きょとんとするわたしに、綺羅さんはいらついたように言い放った。

「いままであなたを襲ったグールのすべてが、わたくしのしわざだとでも思っていたの？わたくしが放ったグールはほんの一握り。多くのグールは、あなたに引き寄せられて現れるのよ」

まわりにはグールの群れ。

たくさん集まってきているあれは、全部わたしに向かってきているの？

そういえば——。

13歳の誕生日、わたしはいきなりたくさんのグールに襲われた。

「グールを招くあなたこそが、災いよ」

6

綺羅さんの言葉が突き刺さって、胸に強い痛みを感じた。

わたしはかすかに震えながら、恐る恐る問いかける。

「それは……本当ですか？」

綺羅さんが吐き捨てるように言った。

「自覚もないのね。ホント、たちが悪いわ」

足元の地面がガラガラと音をたてて崩れていくようだった。

グールや災いからみんなを守らなきゃって……そんな思いで、がんばってきたけれど。

(わたしのせい……なの？)

空いっぱいにグールがいる。

地上には、大勢の苦しんでいる人たちが見える。

(ぜんぶ……わたしの――)

全身の血の気が引いて、魔力が弱まっていくのを感じた。

よろけそうになった、そのとき。

御影君が両腕でぎゅっとわたしを抱きしめてきて、耳元で熱くささやいた。

「リン、好きだ」

御影君の告白はいつも突然だ。

「好きだ」

いつもはドキドキする告白に、ひどくとまどった。

どうしていまそんなことを言うの？

「御影君、やめて……こんなときに」

「こんなときだからだ。リンが傷ついたときは俺が癒す。リンが不安なときは俺が安心させる。忘れないでほしい、リンには俺がいるってこと」

御影君はわたしの頬にふれて、わたしの目をまっすぐ見て、力強い声で言った。

「だから何度でも言うぞ。何十回でも、何百回でも。あいつがリンを傷つけるなら、俺はその何倍もリンを愛する」

トクン。

胸が高鳴って、大きく震えた。

「好きだ……誰よりも、リンが好きだ」

何度もくりかえされる言葉が、少しずつ胸にしみこんできた。

崩れかけた心が、温かな炎で包まれて熱をおびていく。

わたしは声を震わせながら問いかけた。

「わたしが災いでも……？」

「何であろうと、俺の気持ちは変わらない。ずっと、永遠に——リンを愛しつづける」

感動で、ちょっと泣きそうになった。

虎鉄君が御影君の頭にげんこつを落とした。

「いって！　虎鉄、てめえ、空気の読めねー奴だな！　人の愛の告白を邪魔すんな！」

「なげーんだよ！　手短かに、とっとと終わらせろ！」

虎鉄君がわたしの前に立ち、わたしの手をとった。

「リン、覚えてるか？　俺が前に言ったこと——リンはいい女になるって」

「……うん」

それは虎鉄君と出会って、まだ間もない頃。

どうしてわたしの婚約者になったのって聞いたときに、返ってきた言葉だ。

「きれいでキラキラしてるものには、近づきたくなるし、手をのばしたくなる。リンがきれいだからみんな寄ってくる、それだけのことさ。禁忌の悪魔の御影や、破壊の悪魔の俺が惚れてるんだぜ？　グールくらい寄ってきて当然。リンがいい女になってるって証拠さ」

虎鉄君がニカッと笑いながら、はずむように言った。

「なんてったって、リンといると楽しいしな！」

零士君は、虎鉄君の手からわたしの手をとって握った。

「闇のグールは光を追い求める習性があるから、自然と、白魔女の君に引き寄せられる。しかしリンと出会うことで、喜びを感じるものも少なくない」

「喜び……？」

「忌み嫌われ、行き場をなくしてさまよっているグールが、君と出会うことで救われるんだ。湖の底にいたダストのように。そして、僕たちのように」

零士君が澄みきった青い瞳にわたしを映して、優しく微笑んだ。

「悪魔が、想う相手に婚約者として受け入れられる……これほどの喜びはない。他の誰かにとって君が災いだとしても、僕らにとって君は幸福そのものだ。君と出会って、僕らは救われた」

泣かないようにこらえるのが大変だった。

わたしは半泣きで笑いながら言った。

「助けられてるのは、わたしの方だよ」

蘭ちゃんがやれやれと肩をすくめて言った。

「んもう、言いたいこと、ぜんぶ悪魔たちに言われちゃったわ」

人形の小さな手で、ちょこんとわたしの手にふれた。

「わたしも、リンに会えてよかったって思ってる。幽霊でいることがいいことなのか悪いことなのか、よくわからないけど、リンと会えたんだから、まあいっかって思うもの」

「蘭ちゃん……」

「あなたと会えてよかったって言ってる人が、こんなにもいるのよ。だから自分のせいとか、自分がいなくなればとか、絶対に思っちゃダメだからね！」

わたしは蘭ちゃんの小さな手にふれて、うなずいた。

「――うん」

綺羅さんはとげとげしくわたしを見て、手を高くかかげた。

「白魔女リン、あなたは災いよ。まぎれもなくね。――スパイラル・スピンクス！」

その手から無数の糸が現れて、空中でぐるぐると円を描く。

わたしたちは糸に包囲された。

御影君たちがわたしを囲んで身構える。

そのとき、ずっと見物していた刹那君が背後にいて、わたしの手にタッチした。

「リンちゃん、ちょっと魔力ちょうだい」

「え？」

足元にエメラルドグリーンの魔法陣が現れて、刹那君が悪魔の姿になった。

そしてその爪が鋭利なナイフになって、綺羅さんの糸をずたずたに切断した。

そして、鋭い悪魔の目で綺羅さんを見すえた。

「さっきから黙って聞いてりゃ、ずいぶんと勝手なこと言ってるよね。あんたさ、偉そうにリンちゃんのこと責めてるけど、自分はどうなのさ？　黒魔女のくせに、自分が正義だとでも思ってるわけ？」

綺羅さんは冷ややかな表情で、無感情に淡々と言い返す。

「この世界に正義なんてないわ。誰もがみんな、自分の願いや望みを叶えたいと思っているだけ」

「あんただってそうでしょ？」

「ええ、そうよ。わたくしにも望みがある、それを叶えたいだけよ」

「だから悪魔を利用していいってわけ？　俺、あんたがやったこと忘れてないよ？　悪魔の俺を利用してくれちゃったこと」

刹那君は鋭利な爪をナイフに変化させた。。

「悪魔を怒らせたらけっこう怖いんだよ」

「野良猫のあなたに何ができるというの？」

「俺ひとりじゃ無力だけどさ、いまリンちゃんから力をもらった。これから、あんたとあんたのパートナーの絆を切断するよ」

綺羅さんの顔色が変わった。

刹那君はエメラルドグリーンの瞳で鋭く綺羅さんを見すえる。

「いま、マズイって思ったでしょ？　俺の切断の能力で絆を切れば、あんたたちはお互いのことを完全に忘れる。顔も、名前も、思い出も、なにもかもが消え失せるんだ。あんたは、ひとりぼっちだ」

綺羅さんが緊迫した様子でじりっと後ずさる。

刹那君が踏みだそうとした、そのときだった。

ガガ――――ン！

雷鳴がとどろき、稲妻が刹那君めがけて落ちてきた。

「刹那！」

虎鉄君が刹那君を引っぱり、紙一重で落雷をよけた。

群雲さんが綺羅さんを抱き寄せて、優しくささやきかける。

「綺羅様、ご心配にはおよびません。わたしは未来永劫、あなたのおそばにいる……その誓いに変わりはありません」

「でも……！」

「誰だろうと、わたしとあなたの絆を断ち切ることなどできはしない」

刹那君はかちんときた顔で、不機嫌に群雲さんに言う。

「なにそれ？　俺のナイフじゃ、あんたたちの絆は切れないって言いたいわけ？」

「どんな武器だろうと、それを使うものを消してしまえば怖れるに値しない」

群雲さんは綺羅さんの手を力強く握りしめた。

ぶわっと魔力が高まって、魔力の電気がバチバチと音をたてて激しくはじける。

暗雲がたちこめる闇の中で、群雲さんはパープルアイを気迫できらめかせながら宣言した。

「綺羅様を悲しませるものはすべて、この雷で撃ちくだく」

零士君が思わずつぶやく。

「なんという魔力……！」

虎鉄君が緊迫した声で叫ぶ。

「刹那、下がれ！　おまえひとりで太刀打ちできる相手じゃねえ！」

でも刹那君は毛を逆立てて、いらだちをあらわに怒鳴った。

「俺は狙った獲物ははずさない！　おまえたちの絆を切る！　絶対に！」

刹那君がナイフを握りしめて踏みだそうとしたとき。

わたしはとびだして、刹那君の腕にしがみついた。

「刹那君、ダメ！」

刹那君が眉をひそめた。

「なんで？　あいつらはリンちゃんの敵でしょ？」

「敵でも！　人が大切にしている絆は、切っちゃダメ！」

力を合わせて戦う綺羅さんと群雲さんには強い絆が感じられた。

それは切ってはいけないもの。

どんな理由があっても——そう思った。

「刹那君は知ってるよね？　絆を切ると悲しいってこと」

ぴくりと刹那君の肩が動いた。

「気分転換……しに来たんだよね？」

刹那君は昔、自分で大切な人との絆を切ってしまって、もう一度、その人との絆をつなぐために魔界へ帰った。

こっちの世界へ来たってことは——。

「絆をつなぐの、うまくいってないの？」

刹那君は瞳をゆらしてうつむいた。

「毎日イライラして、落ちこんで……そのくりかえしで。なんかもう、嫌んなった。絆って、切るのは簡単なのに、結ぶのってすごく難しいんだ……もう無理かも」

「大丈夫だよ。刹那君なら」

わたしは刹那君の手をぎゅっと握った。

「絶対に大丈夫。だって刹那君といると楽しいもん。刹那君が来てくれて、お祭りがすごく楽しくなったよ」

刹那君がまじまじとわたしを見た。

「……ホント？」

「うん。だから、刹那君の大好きな人だって、刹那君とつながりたいって、きっと思う。刹那君の気持ちは絶対に伝わるよ」

刹那君はナイフから手を離して、わたしの両手を握った。

「うん……ありがと、リンちゃん」

刹那君が顔を寄せてきて、頬にキスしようとしてきた。

それを御影君が手でさえぎって、牙をむくように怒鳴った。

「このチビ猫がぁ！　どさくさにまぎれて告ってキスしようとしてんじゃねーよ！」

刹那君がムッとして、

「何度も告ってる人に言われたくないなぁ。っていうか、好き好きって、ちょっとくどくないですか？」

「好きだから好きって言って、何が悪い!?　これが俺の愛情表現だー！」

虎鉄君と零士君が刹那君にすごむ。

「二度もホッペにチューはありえねえ。調子にのんじゃねーぞ、刹那」

「僕の婚約者に、軽々しく口づけるな」

「いいじゃないっすか、ちょっとくらい」

「「「ダメだ！」」」

3人の声がそろった。

蘭ちゃんがやれやれと肩をすくめる。

「まったく、ニャンコが増えてますます騒がしくなったわね」

わたしは思わず微笑んだ。

ギャー……ギャー……！

暗雲たちこめる空にグールの声が不吉に響く。

離れたところからこちらをうかがっていたグールが、また近づいてきた。

でも怖くはなかった。

御影君、虎鉄君、零士君、蘭ちゃん、刹那君、みんながいるから。

グールを集めてしまうことがいいことなのか悪いことなのかよくわからないけど、みんなと出会えたことは、まちがいなく幸せなことだと思う。

喜びや胸のトキメキが魔女の力になるのなら、たぶん、きっと、わたしは強くなれる。

わたしは御影君と向き合って、お願いした。

「御影君、力を貸して」

この暗闇を照らしたい。

苦しんだり、おびえたり、震えている人たちにぬくもりを。

それには炎の魔法がいい。

御影君はちょっと驚いた顔をして、うれしそうに笑い、そして手をさしのべてきた。

「喜んで」

わたしは御影君の手に手を重ねた。

瞬間、赤の魔法陣に炎が燃えて、その中でわたしは赤のウエディングドレスをまとった。

御影君の胸元に赤い炎のコサージュが燃える。

わたしたちの魔力がぐんと高まるのを感じた。

「この前の魔法を使いたいんだけど、いいかな？」

「もちろん。リンの望むままに」

御影君はわたしの手の甲にキスをした。

瞬間、炎の中からキャンドルトーチが現れた。

わたしは御影君とキャンドルトーチを握って、空に向かって高くかかげる。

そしてグールに向かって、幸福を願う魔法の呪文を唱えた。

「カルルクローラ！」

キャンドルトーチから炎が噴きだし、空中を走る。

炎がグールを照らして、赤く染める。

グールのトゲトゲが少し引っこんで、黒い色がわずかにうすくなる。

でもそこまでだった。

グールの勢いはいくらか弱まったけど、浄化することはできなかった。

零士君が叫ぶ。

「リン！　その魔法では無理だ！」

グールたちのトゲトゲが再び鋭く突きだして、黒い悪意を放ちはじめた。

綺羅さんが叱りつけるようにわたしに言った。

「グールの群れを、幸福の魔法なんかで鎮められるわけがないでしょう」

そして両手をかかげて、呪文を叫んだ。

「スパイラル・スピンクス！　サザンキルト！」

綺羅さんの両手から魔力で作られた無数の糸が放たれて、空中を縦横無尽に走る。

交差した糸が網のようにはりめぐらされて、その中に、すべてのグールがとらえられた。

グールが激しく暴れて抵抗する。

糸がギシギシときしんで、いまにも網が破れそうだ。

「群雲！」

綺羅さんの声に応えて、群雲さんが右手をかかげて叫んだ。

「カレイドジオン！」

雷撃が落ちた。

雷が糸を伝って、その衝撃でグールの群れが一網打尽にされた。

でも——1匹だけ残った。

電撃でぶすぶすとその体は焦げているけど、両目を爛々とさせている。

それはふつうとは違う、両目が金色のグールだった。

綺羅さんはそのグールを鋭く見すえて、

「おまえが群れを率いるボスね」

そして手をかかげ、召喚呪文を唱えた。

「ミランコール！」

空中に魔法陣が現れて、綺羅さんはそこから一本の杖をとりだした。

杖の先端には、きれいな紫の水晶がついている。

それを見て、零士君が驚きの声をあげた。

「アメジストの杖!?」

綺羅さんは魔法の杖をかかげると、アメジストから紫色の光が発せられた。

「闇に帰りなさい！　ダークスジェイド！」

そしてグールに向かって、一文字にふり下ろした。

ギャアアアアアア……！

グールの断末魔が響く。

怒りのような、悲鳴のような声があたりにこだまして、そして消え失せた。

7

消えていた夏祭りの提灯が、ふたたび灯った。

苦しんでいた人たちがあたりをきょろきょろ見回しながら立ち上がり、泣いていた子供にも笑顔が戻る。

グールが消え騒ぎが収まって、祭りはゆっくりとにぎわいをとり戻していく。

そんな様子をマンションの屋上から見下ろして、わたしはホッと息をついた。

「よかった……」

すると黒い衣装をなびかせて、綺羅さんと群雲さんが着地してきた。

御影君たちが身構える。

わたしは綺羅さんと向き合って、そして深く頭を下げた。

「綺羅さん、ごめんなさい」

綺羅さんが探るような目でわたしを見てきた。

「……なにそれ？」

「グールが現れたとき、また綺羅さんが誰かの悪意を増大させて、グールを生みだしたのかと思いました。誤解してしまいました。だから――」

綺羅さんが杖の先端をわたしに向けて、呪文を唱えた。

「スパイラル・ガゼル！」

糸の攻撃が向かってくる。

わたしを御影君たちが囲んで、魔力を放った。

「うなれ炎！」

「ブラストファング！」

「リストリヴァカーレ！」

炎、風、氷、3つの力が攻撃とぶつかり、はじく。

綺羅さんはとげとげしい声で突き刺すように言った。

「謝罪なんていらないわ。そんなものなんの意味もない。それより、早くわたくしの前から消えてくれないかしら。その方がよっぽどうれしいわ」

強い嫌悪を向けられて、ふたたび体の芯から震える。

「わたくしはあなたが大嫌いなの。あなただって、わたくしのこと心の中で憎んでいるんでしょう？」

「……わかりません……だって、憎めるほど、綺羅さんのことよく知りませんし……だから、あの――」

わたしは手をぎゅっと握りしめて、顔をあげてまっすぐ綺羅さんを見ながら言った。

「綺羅さん、一緒にお茶しませんか？」

蘭ちゃんと御影君たちが驚いて、わたしを見る。

わたしは一歩前に踏みだして、眉をひそめる綺羅さんをお誘いした。

「お茶しながら、お話ししませんか？　綺羅さんのこと、教えてください。綺羅さんのこと、知りたいんです」

綺羅さんがふっと嘲笑した。

「あなたにわたくしが理解できるとでも？」

「できたらいいな、って思ってます」

綺羅さんが糸を針のようにして、わたしに投げつけてきた。

炎が糸を燃やし、風が糸を折り、氷が防ぐ。

綺羅さんは鋭い目でわたしを見て、

「あなたと話すことなんて何もないわ」

冷たく背を向けて、歩きだした。

魔女の衣装をとき、紫のワンピースをひるがえして、闇に消えるように去っていった。

群雲さんはわたしを一度だけ見やって、そして綺羅さんの後を追っていった。

零士君がそばに来て言った。

「リン、君の優しさは尊いが、それが必ずしも相手に届くとは限らない。ねじれた心をもつ相手には、かえって反感を買うこともある」

「うん……そうなんだけど……」

難しいとは思うし、甘いかもって自分でも思う。

でも――。

「綺羅さんと話したいって思っちゃったの」

フォローするように、蘭ちゃんが言ってくれた。

「リンの気持ち、なんとなくわかるわ。嫌な人だとは思うけど、さっきの黒魔女の戦い、ちょっとかっこいいって思っちゃったもの」

わたしは御影君たちと向き合って、

「みんな、ごめんね。グールと戦うだけでも大変なのに、こんなこと言って……すごく難しいことだって思うんだけど……」

虎鉄君が不敵に笑いながら、

「いいんじゃないの～？　難しいことほどおもしろいってもんだ。あいつらのことを探ってみるのも、おもしろそうだ」

御影君は力強く微笑んで、

「俺はリンの望みが叶うよう、全力で協力するまでだ」

零士君は小さく息をつきながらも、うなずいた。

「異存はない。簡単ではないだろうが、方法を考えてみよう」

わたしはほっと息をついて、心からお礼をのべた。

「ありがとう」

ヒュ〰〰〰〰〰〰、ドーン!

打ち上げ花火が打ちあがった。

人形の蘭ちゃんがびくっと跳びはねる。

「きゃっ、すっごい音!」

ドドドドーーーン!

連続してあがる花火に、わあっと大歓声があがる。

「すごいわ、胸にドーンって響いてくる！」

「うん、花火おっきいね！」

蘭ちゃんとはしゃいでいると、御影君がそっとわたしの手にふれてきて、

「もっと大きいのを見せてやる。——駆け上がれ、炎！」

手の中で炎を燃やして、それを投げる。

炎のかたまりが上空に昇っていき、そして大きくはじけた。

夜空に炎の花が咲いた。

ひときわ高く、大きく、夜空いっぱいにひろがる。

見物客からどよめきがあがった。

「いまの花火、なに⁉」

「すご〜い！」

あちこちから拍手と歓声がわく。

夜空に次々と花火が咲いて、みんなにも笑顔が咲いている。

蘭ちゃんが花火を見つめながら言った。

「やっぱり遠くから見るのとじゃ、迫力がぜんぜん違うわね」
「うん」
遠くから眺めるのと、近くで見るのとじゃ、違う。
打ち上げ花火も。
湖の底のダストも。
近づいて見えるものがある。
近づかなきゃわからないこともある。
今日、少しだけ綺羅さんに近づいて、ひとつわかったことがある。
綺羅さんには何か望みがあるんだって。
(綺羅さんの望みってなんだろう?)
汗を流し歯をくいしばって戦う姿には、強い思いが感じられた。
(綺羅さんは、どうして黒魔女になったのかな?)
黒魔女って何だろう?
白魔女と何が違うんだろう?
(知りたいな)

蘭ちゃんにかけられた呪いをとくのが、わたしの願いだけど。
加えて、もうひとつの願いが生まれた。
(綺羅さんのこと、もっと知りたい)
怖いけど、ちゃんと近づいて。
打ち上げ花火を見上げながら、強くそう思った。

【おわり】

猫のつぶやき

御影「俺は誰にも負けるつもりはニャい、
けど今回は敗北感でいっぱいニャ……!」
虎鉄「あぁ、俺も完全に負けた気がするニャ……」
零士「うむ、完敗だと言わざるをえニャい……」
刹那「めずらしく弱気っすね。どうしたんですかぁ?」
御影「あの灰色ニャンコだ!
あいつ、黒魔女と思いっきりキスしてたニャ!」
虎鉄「俺らの前で、しかも2回もするとは……強敵ニャ」
零士「たしかに、少なからず精神的ダメージを受けたが、リンには
リンの持ち味がある。奥ゆかしいリンに人前でキスはないだろう」
御影「人前でチュー、俺は望むところだけどな!」
虎鉄「俺もぜんぜんアリ」
零士「(怒)おまえたち、せっかく人が気をまぎらわせようとしているのに……」
刹那「つまり、みんな灰色ニャンコがうらやましいってことですね?」
三人「(図星)ぐっ……!」
御影「(ゴロゴロ転がって)あ〜〜〜、早くリンとキスしたいニャーーッ」
虎鉄「(ゴロゴロ転がって)俺もニャ〜〜〜!」
刹那「零士さんはゴロゴロしニャいんですか?」
零士「僕はみっともニャいことはしニャい。ゴロゴロしても、何にもならニャい」
虎鉄「そんなことニャいぞ、ちょっとスッキリするニャ! なあ?」
御影「(うなずいて)ニャ!」
零士「……本当か?」
虎鉄「零士もやってみろよ。ゴロゴロゴロゴロ!」
御影「ゴロゴロゴロゴロ!」
零士「ゴ……ゴロゴロゴロゴロ……おぉ」
刹那「白魔女の婚約者って、やっぱり楽しそうニャ」

Shogakukan Junior Bunko 

★小学館ジュニア文庫★

白魔女リンと3悪魔 ダークサイド・マジック

2017年 1 月30日　初版第1刷発行

著者／成田良美
イラスト／八神千歳

発行人／立川義剛
編集人／吉田憲生
編集／山口久美子

発行所／株式会社　小学館
〒101-8001　東京都千代田区一ツ橋2－3－1
電話　編集　03-3230-5105
販売　03-5281-3555

印刷・製本／中央精版印刷株式会社

デザイン／佐藤千恵＋ベイブリッジ・スタジオ

★本書の無断での複写（コピー）、上演、放送等の二次利用、翻案等は、著作権法上の例外を除き禁じられています。本書の電子データ化などの無断複製は著作権法上の例外を除き禁じられています。代行業者等の第三者による本書の電子的複製も認められておりません。
★造本には十分注意しておりますが、印刷、製本など製造上の不備がございましたら、「制作局コールセンター」（フリーダイヤル0120-336-340）にご連絡ください。
（電話受付は土・日・祝休日を除く9:30～17:30）

©Yoshimi Narita 2017 ©Chitose Yagami 2017
Printed in Japan　ISBN 978-4-09-231143-5

★「小学館ジュニア文庫」を読んでいるみなさんへ★

この本の背にあるクローバーのマークに気がつきましたか？

オレンジ、緑、青、赤に彩られた四つ葉のクローバー。これは、小学館ジュニア文庫のマークです。そして、それぞれの葉の色には、私たちがジュニア文庫を刊行していく上で、みなさんに伝えていきたいこと、私たちの大切な思いがこめられています。

オレンジは愛。家族、友達、恋人。みなさんの大切な人たちを思う気持ち。まるでオレンジ色の太陽の日差しのように心を暖かにする、人を愛する気持ち。

緑はやさしさ。困っている人や立場の弱い人、小さな動物の命に手をさしのべるやさしさ。緑の森は、多くの木々や花々、そこに生きる動物をやさしく包み込みます。

青は想像力。芸術や新しいものを生み出していく力。立場や考え方、国籍、自分とは違う人たちの気持ちを思い、協力しあうことも想像の力です。人間の想像力は無限の広がりを持っています。まるで、どこまでも続く、澄みきった青い空のようです。

赤は勇気。強いものに立ち向かい、間違ったことをただす気持ち。くじけそうな自分の弱い気持ちに立ち向かうことも大きな勇気です。まさにそれは、赤い炎のように熱く燃え上がる心。

四つ葉のクローバーは幸せの象徴です。愛、やさしさ、想像力、勇気は、みなさんが未来を切りひらき、幸せで豊かな人生を送るためにすべて必要なものです。

体を成長させていくために、栄養のある食べ物が必要なように、心を育てていくためには読書がかかせません。みなさんの心を豊かにしていく本を一冊でも多く出したい。それが私たちジュニア文庫編集部の願いです。

みなさんのこれからの人生には、困ったこと、悲しいこと、自分の思うようにいかないことも待ち受けているかもしれません。どうか「本」を大切な友達にしてください。どんな時でも「本」はあなたの味方です。そして困難に打ち勝つヒントをたくさん与えてくれるでしょう。みなさんが「本」を通じ素敵な大人になり、幸せで実り多い人生を歩むことを心より願っています。

小学館ジュニア文庫編集部